푸른

밤

Blue Nights

Joan Didion

푸
른

밤

Blue
Nights

존 디디온
김재성 옮김

mu**ſ**intree
뮤진트리

▪ 일러두기

− 본문에서 괄호 안에 작은 글씨로 쓴 주註는 옮긴이가 붙인 것이다.

퀸타나에게 바침

01

어떤 위도에 위치한 지대에는 하지를 전후한 몇 주간에 걸쳐 해질녘 어스름이 길고 푸르러지는 시기가 찾아온다. 이 푸른 밤은 이 책에서 이야기될 시간의 많은 부분 동안 내가 살았던, 강렬한 빛과 함께 해가 저물면서 낮이 끝나버리는, 아열대 캘리포니아에는 없고 지금 살고 있는 뉴욕에는 있다. 사월이 지나고 오월이 올 무렵, 계절이 바뀔 무렵, 굳이 따뜻해진다고 할 수 없으며 사실 조금도 따뜻해지지 않지만 그럼에도 별안간 어떤 가능성처럼 아니 약속처럼 여름이 가깝게 느껴지는 그 무렴, 그것을 처음 의식하게 된다. 창가를 지나거나 센트럴 파크로 걸어갈 때 푸른 색조 속에서 헤엄치는 스스로를 문득 발견한다. 빛 자체가 파란색인데 그것은 한 시간쯤에 걸쳐 차츰 깊어지다가 어두워져 사라질 무렵에는 한층 더 격렬해져서 마침내 어느 갠 날 샤르트르 대성당의 스테인드글라스, 또는 원자로의 연료봉이 방사하는 체렌코프 광光의 푸른색에 가까워진다. 프랑스인들은 하루의 이 즈음을 '뢰르 블뢰l'heure bleue(푸른 시간)'라 불렀다. 영국인들은 '글로밍gloaming(땅거미, 황혼)'이라 불렀는데, 이 단어는 글리머glimmer, 글리터glitter, 글리슨glisten(세 단어 모두 희미하거나 반짝이는 빛을 뜻함) 또는 글래머glamour(매혹) 같은 단어들처럼 덧문을 닫아거는 집, 어둑해지는 정원, 풀밭 사이의 그림자를 가로질러 흐르는 강물의 이미지들을 자음子音에 싣고 메아리를 남기며 울려 퍼진다. 푸른 밤 동안에는 하루의 끝이 결코 오지 않을 것 같다. 푸른 밤이 끝나갈 즈음이면(끝은 오게 되어있고 반드시 온다) 한기와 함께 혹시 몸이 아픈 것일까 하는 우려가 찾아든다. 그리고 푸른 밤이 사라지고 있음을, 이미 해가 짧아지고 있음을, 여름이 떠나버렸음을 깨닫는다. 이 책의 제목을 '푸른 밤'이라 붙인 것은, 쓰기 시작했을 당시 내 마음이 갈수록 질병, 약속의 종말, 남은 날들의 감소, 쇠락의 불가피성, 빛의 소멸을 향해 다가가고 있음을 감지했기 때문이다. 푸른 밤은 빛의 소멸의 반대인 동시에 그 경고이기도 한 것이다.

02

2010년 7월 26일.

오늘은 그 아이의 결혼기념일이었을 날이다.

7년 전 오늘, 우리는 꽃집에서 배달된 상자들에서 레이lei(목에 거는 하와이 화환)들을 꺼낸 뒤 남은 물을 암스테르담 애비뉴의 성 요한 성당 잔디밭에 뿌렸다. 흰 공작이 날개를 부챗살처럼 펼쳤고, 오르간 소리가 들려왔다. 그 아이는 길게 땋아 등뒤로 흘러내리는 숱 많은 머리채에 하얀 스테파노티스stephanotis(덩굴 식물의 일종)를 꽂았다. 그 아이가 튈tulle(기계로 뜬 얇은 레이스의 일종) 재

질의 면사포를 머리 위로 넘기자 스테파노티스가 빠져서 바닥에 떨어졌다. 면사포를 통해 어깨 밑에 새긴 플루메리아plumeria(열대 관목의 일종) 문신이 보였다. "자, 하는 거야." 아이가 속삭였다. 그 아이를 따라 레이를 목에 걸고 엷은 색 원피스를 입은 어린 소녀들이 깡충거리며 중앙 통로를 지나 주主제단까지 올라갔다. 모든 예식이 끝난 다음 어린 소녀들은 다시 그 아이를 따라 성당 정문을 빠져나오고 공작들을 지나쳐(두 마리는 반짝이는 청록색이었고 한 마리는 흰색이었다) 성당 사저에 다다랐다. 그곳에는 오이와 물냉이를 넣은 샌드위치와 페이야드 제과점에서 가져온 복숭아빛 케이크, 그리고 핑크 샴페인이 준비되어 있었다.

모두 다, 그 아이의 선택이었다.

자신이 기억하는 것들인, 감상적인 선택들이었다.

나 또한 기억하는 것들이었다.

결혼식에 오이와 물냉이를 넣은 샌드위치를 내고 싶다는 그 아이의 말에 나는 열여섯 번째 생일날 수영장 옆에 차린 점심 테이블에 오이와 물냉이를 넣은 샌드위치를 접시에 담아 올려놓던 아이의 모습을 기억했다. 부케 대신 레이를 쓰고 싶다는 그 아이의 말에 나는 세 살이나 네 살 또는 다섯 살 때 하트포드의 브래들리 필드 공항에 도착하여 전날 밤 호놀룰루를 떠날 때 받은 레이를 목에 건 채 비행기에서 내리던 아이의 모습을 기억했다. 그날 아침 코네티컷의 기온은 영하 6도였고 그 아이에겐 외투조차 없었지만(로스앤젤레스에서 호놀룰루로 떠날 때 하트포드에 가게 되리라고는 예상치 못했기에 외투를 챙기지 않았었다) 아이는 조금도 괘념치 않았다. 레이를 목에 건 아이들은 외투를 입지 않는 법이야, 아이가 내게 일러주었다.

감상적인 선택들.

결혼식 날 그 아이는 자신이 원한 감상적인 선택들을 모두 성취했으나 하나는 예외였다. 그 아이는 어린 소녀들이 성당 안에서 맨발로 행진하기를 원했지만(말리부의 기억이었다. 말리부에서 아이는 언제나 맨발이었고, 그래서 발에는 늘 데크의 삼나무 가시가 박혔고 해변의 타르가 묻었으며 층계의 못에 긁혀 요오드팅크를 발랐다), 어린 소녀들은 이 행사를 위해 준비한 새 신발을 신고 싶어 했던 것이다.

저희 존 그레고리 던 부부는

7월 26일 토요일 오후 2시에 있을

저희 딸 퀸타나 루와

제럴드 브라이언 마이클의 결혼식에

여러분의 참석을 부탁합니다.

스테파노티스.

그 또한 감상적인 선택이었을까?

그 아이는 스테파노티스를 기억했을까?

그래서 그것을 원했고, 땋은 머리채에 그것을 꽂았던 것일까?

우리가 1978년부터 1988년까지 살았던, 너무나 철저하게 전통적인 나머지(이층 구조, 중앙에 홀이 배치된 설계, 셔터 달린 창, 침실마다 딸린 거실) 오히려 독특해보일 지경이었던(우리가 그 집을 샀을 때 그 아이는 '그들의 브렌트우드 교외 주택'이라 불렀다. 그것이 자신의 결정이나 기호가 아님을 확실히 하겠다는, 그리고 모든 아이들이 필요하다고 생각하는 그 거리를 주장하는 열두 살 아이다운 결정이었으리라) 브렌트우드 파크의 그 집 테라스 문밖에는 스테파노티스가 피어 있었다. 나는 정원에 나갈 때마다 그 매끈한 꽃잎을 스르르 어루만지곤 했다. 문 밖에는 라벤더도 있었고, 박하꽃도 수도꼭지에서 떨어지는 물을 먹고 흐드러지게 피어 있었다. 그 아이가 홈비 힐스의 웨스트레이크 여학교 7학년을 시작하던 여름, 우리는 그 집으로 이사했다. 마치 어제 일 같다. 그 아이가 바나드 칼리지를 졸업하던 해, 우리는 그 집을 떠났다. 그것도 어제 일 같다. 스테파노티스와 박하꽃은 이미 죽어있었다. 그 집을 산 남자가 천막을 덮고 비칸과 클로로피크린을 뿌려 그것들을 제거할 것을 요구했기 때문이었다. 집을 사겠다고 나설 때 중개인을 통해 정원에서 딸의 결혼식을 올려주면 좋겠다는 생각이 든다고 알려왔던 사람이었다. 아마도 계약 성사에 도움이 되리라고 계산했던 것 같다. 그러더니 몇 주 후에는 스테파노티스와 박하꽃은 물론이고 우리의 브렌트우드 교외 주택을 그처럼 애써 경멸하던 열두 살 아이가 아직까지는 이층의 거실 창을 통해 내다볼 수 있었던 분홍목련까지도 모두 제거할 것을 요구해온 것이다. 흰개미들이 돌아올 것이 분명하다고 나는 생각했다. 분홍목련은 돌아올 리 없다고 나는 또 생각했다.

우리는 집을 팔고 뉴욕으로 이사했다.

내가 버클리 대학 영문과를 졸업하고 〈보그Vogue〉에서 일하기 시작한 스물한 살 때부터(유창한 언어가 있느냐는 콘데 나스트 사社 인사부의 질문에 중세영어 외에는 다른 답변이 떠오르지 않았을 만큼, 나로서는 너무나 근본적으로 부자연스러웠던 진로 결정이었다) 신혼이었던 스물아홉 살 때까지 살았던 그곳.

1988년부터 다시 살았던 그곳.

그런데 왜 나는 이 시간의 대부분을 캘리포니아에서 살았다고 말하는 것일까?

그런데 왜 나는 캘리포니아 운전면허증을 뉴욕 운전면허증으로 바꿨을 때 그토록 날카로운 배신감을 느꼈던 것일까? 그쯤은 사실 간단한 일 아닌가? 생일이 다가오고 면허증을 갱신해야 할 때, 어디서 갱신하는가가 무슨 상관이란 말인가? 열다섯 살 반 되었을 때 캘리포니아 주정부로부터 면허증을 처음 발급받은 이래 면허

번호가 한 번도 바뀐 적이 없다는 것이 무슨 상관이란 말인가? 게다가 그 면허증에는 어쨌든 늘 실수가 포함되어 있지 않았던가? 내가 알고 있었던 실수이지 않은가? 내 키가 5피트 2인치라고 되어 있었잖은가? 사실은 잘해야(내 최고 신장, 내 사상 최고의 키, 그러니까 나이가 먹어 반 인치가 줄어들기 전의 그 키를 기준으로 해도) 5피트 1.75인치라는 것을 나 자신이 잘 알고 있지 않았던가?

왜 운전면허증에 그토록 신경을 썼을까?

무슨 이유였을까?

캘리포니아 운전면허증을 포기하는 것이 다시는 열다섯 살 반이 되지 못할 것임을 의미하는 것이었을까?

나는 열다섯 살 반이 되고 싶기는 했던 것일까?

아니면 운전면허증이란 것은 그저 '돌연한 사건의 명백한 결점'의 한 예였던 것일까?

'돌연한 사건의 명백한 결점'에 인용부호를 붙인 것은 그것이 나의 표현이 아니기 때문이다.

칼 메닝거는《자신을 배반하는 인간Man Against Himself》에서 평범하게, 심지어 뻔하게, 보일 수 있는 상황에 과

잉 반응하는 경향을 묘사하는 데 이 표현을 사용하면서, 이것이 자살자들에게 흔한 경향이라고 설명한다. 그는 머리를 자른 뒤에 우울증에 빠져 자살한 여자, 골프를 그만 치라는 충고를 받고 자살한 남자, 기르던 카나리아가 죽자 자살한 아이, 기차 두 대를 놓치고는 자살한 여자의 이야기들을 들려준다.

주의할 것은, 기차 한 대가 아니라 두 대라는 점이다.

생각해보라.

이 여자가 모든 것을 내던지는 데 필요할 특별한 상황이 무엇일지 고찰해보라.

"이런 경우들에서," 메닝거 박사는 말한다. "머리카락, 골프, 카나리아의 가치는 과장되어 있기 때문에 그것들이 상실되거나 혹은 상실될 위험이 있을 뿐이어도 그 단절된 정서적 유대의 반동은 치명적일 수 있다."

맞다, 분명히, 반박의 여지없이.

'머리카락, 골프, 카나리아'의 가치는 모두 과장되었다(놓친 두 대의 기차도 아마 그랬으리라). 하지만 왜? 메닝거 박사 자신도 같은 질문을, 다만 약간 수사학적으로,

던진다. "하지만 왜 이처럼 터무니없이 과장된 과도하고 부정확한 평가가 존재하는 것일까?" 그는 단지 질문을 던지는 것만으로 답을 제시했다고 상상했을까? 그는 자신이 해야 할 일은 질문을 공식화하는 것일 뿐이라고 생각하고는 이내 수많은 이론적 정신분석학 참고문헌 속으로 숨어버린 것일까? 나는 정말로 캘리포니아 운전면허증을 뉴욕 운전면허증으로 바꾸는 것을 '단절된 정서적 유대'의 경험으로 간주했던 것일까?

나는 정말로 그것을 상실로 간주했을까?

나는 진정코 그것을 분리로 간주했을까?

이 '단절된 정서적 유대'라는 주제를 떠나기 전에,

이사하기 전 브렌트우드 파크의 집을 마지막으로 보았던 날, 우리는 집 밖에 서서 얼라이드 이사업체의 3층짜리 트럭이 볼보 스테이션왜건을 포함하여 우리의 모든 소유물을 실은 채 시동을 걸고 말보로 스트리트를 돌아 뉴욕을 향해 출발하는 모습을 지켜보고 있었다. 트럭이 보이지 않게 되자 우리는 빈 집에 들어가서 테라스 밖으로 나가 섰다. 아직 가시지 않은 비칸 냄새, 그리고 분홍목련과 스테파노티스가 있던 자리에 남은 풀 죽은 고엽들로 인해 작별의 순간은 덜 감미로웠다. 나는 뉴욕에서도, 담배 상자를 열 때마다 비칸 냄새를 맡았다. 그 이후 언젠가 로스앤젤레스에 들러 차로 그 집 근처를 지나며 보니 집은 아예 자취도 없이 사라진 상태였다. 한두 해 후에 조금 더 큰 집이 들어섰는데, 이전 그 집의 단호한 전통성이 결여되어 있었다(내가 보기에는 그랬다). 몇 해가 지나 워싱턴의 한 서점에서 새 집주인이 정원에서 결혼식을 올려주면 좋겠다고 생각했다던 그 딸과 마주쳤다. '정치와 산문Politics and Prose' 서점에서 낭독회 중이던 나에게, 그녀는 워싱턴의 어느 학교에(조지타운 아니면 조지 워싱턴이었을까?) 다닌다며, 제가 선생님 집에서 자랐어요, 했다. 그렇다고 볼 수는 없죠, 나는 말하고 싶었지만 참았다.

존은 항상 우리는 뉴욕으로 "돌아왔다"고 말하곤 했다. 나는 절대 그러지 않았다.

브렌트우드 파크는 그때였고, 뉴욕은 지금일 뿐이었다.

비칸을 치기 전의 브렌트우드 파크는 모든 것이 순조

롭게 풀리는 것 같았던 시간이자 시기이자 10년 세월이었다.

우리의 브렌트우드 교외 주택.

바로 정확히 그거였다. 그 아이가 옳았다.

자동차들과 수영장과 정원이 있었다.

자주군자란이 있었고, 나일강의 백합이 있었고, 긴 줄기에 매달려 하늘거리는 짙푸른 스타버스트가 있었다. 해질녘에만 눈높이에서 볼 수 있는 희고 작은 꽃송이들의 무리, 백접초가 있었다.

영국풍 무명이나 중국풍 린넨으로 만든 장식품들도 있었다.

경계용으로 한쪽 눈만을 뜬 채 층계참에 미동도 없이 앉아있던 부비에 데 플랑드르 종 개도 있었다.

시간은 흘러간다.

기억은 희미해지고, 기억은 조정되고, 기억은 우리가 기억한다고 생각하는 그것에 순응한다.

그 아이의 땋은 머리채에 꽂혀있던 스테파노티스의 기억조차도. 면사포를 통해 드러난 플루메리아 문신의 기억조차도.

자식이 없이 죽는다는 것은 끔찍하다. 나폴레옹 보나
파르트의 말이다.

인간에게 자식의 죽음보다 더 큰 슬픔이 있을까. 에
우리피데스의 말이다.

*우리가 죽음의 운명에 관해 말할 때 우리는 자식에
관해 말하는 것이다.*

내 말이다.

2003년 7월 성 요한 성당에서의 그날을 생각하면, 존
과 내가 얼마나 젊어보였는지, 얼마나 건강해보였는지,
흠칫 놀라게 된다. 사실을 말하자면 우리는 전혀 건강
하지 못했으니까. 존은 그해 봄여름 몇 차례의 심장 수
술을 치렀고 페이스메이커(심장 박동 조절장치)를 막 이식
했던 터였으며 그 효과가 아직 의문시되던 형편이었다.
나는 결혼식 3주 전 길에서 쓰러졌으며 원인미상의 위
장출혈로 컬럼비아 프레스비테리언 병원 중환자실에서
며칠간 수혈을 받았다. "조그만 카메라를 하나 삼키시는
거예요." 출혈 원인을 찾기 위한 조치를 시도하며 그들

은 말했다. 저항했던 기억이 난다. 생전에 아스피린 한 알도 그냥 삼키지 못했던 내가 카메라를 삼킬 수 있으리라고는 상상조차 할 수 없었다.

"물론 하실 수 있죠. 그저 조그만 카메라일 뿐이거든요."

잠시의 정적. 기세 좋게 시작되었던 시도가 달래기와 구슬리기로 변했다.

"정말로 *아주* 조그만 카메라예요."

마침내 나는 그 아주 조그만 카메라를 삼켰다. 그 아주 조그만 카메라는 그들이 원했던 이미지를 전송해왔으나 출혈 원인은 찾아주지 못했고 마취만 충분히 된다면 누구든 아주 조그만 카메라쯤은 삼킬 수 있다는 사실만을 보여주었다. 첨단 의술이 그리 효율적으로 활용되지 못한 유사한 사례로, 존은 전화기를 가슴에 대고 번호를 누르면 페이스메이커 수치를 판독할 수 있었는데, 그것은 그가 번호를 누르는 순간(그 전이나 후는 어떨지 모르지만) 그 장치가 작동하고 있다는 증거라고 했다.

나는 그 이후로도 의술이라는 것이 여전히 불완전한

예술이라는 사실을 몇 차례 더 절감하게 된다.

그래도 레이 박스에 남은 물을 성 요한 성당 밖의 잔디밭에 뿌렸던 2003년 7월 26일에는 모든 것이 좋아보였다. 그날 암스테르담 애비뉴를 걷다가 우연히 신부파티 장면을 본 사람이 있다면 신부의 어머니는 2003년이 채 끝나기도 전에 들이닥칠 일들을 받아들일 준비가 전혀 되어있지 않음을 알 수 있었을까? 신부의 아버지는 저녁 식탁 앞에서 쓰러져 죽고, 신부는 중환자실에서 혼수상태에 빠져 인공호흡기를 통해 간신히 숨을 쉴 뿐 그날 밤을 넘기지 못할 것으로 예측되는 그런 일들을? 그것을 시작으로 이어진 여러 차례의 위기 끝에 20개월 후 결국 신부의 죽음으로 귀결된 그런 일들을?

그 아이가 부축 없이 걸을 만큼 상태가 호전되었던 시간을 다 합치면 한 달이 될까 말까 할 그 20개월을?

그 아이가 모두 네 개 병원 중환자실에서 몇 주씩을 보내야 했던 그 20개월을?

그 모든 중환자실에는 파란색과 흰색 무늬의 똑같은 커튼이 드리워져 있었다. 그 모든 중환자실에는 똑같은 플라스틱 튜브의 꼴깍거리는 소리, 똑같은 링거 주사약 떨어지는 소리, 똑같은 기관지 수포음水泡音, 똑같은 경보음 등, 똑같은 소리들이 났다. 그 모든 중환자실에는 이중 가운을 입고 종이 신발을 신고 수술모와 마스크를 쓰고 붉은 상채기가 생겨 피가 날 만큼 힘들여 장갑을 껴야 하는 등, 추가감염 예방을 위한 똑같은 지침들이 규정되어 있었다. 그 모든 중환자실에는 비상신호 발령 시 바닥을 치며 달리는 발들이나 덜그럭거리는 카트들을 비롯한 똑같은 소란이 발생했다.

그 아이에게 일어나서는 안 되는 일이었어. 세 번째 중환자실에서, 그 아이와 나에게만은 특별한 사면이 약속되기라도 했다는 듯 격분하며 이렇게 생각했던 기억이 난다.

그 아이가 네 번째 중환자실에 눕게 되었을 때 나는 더이상 이 특별한 사면을 주장하고 있지 않았다.

우리가 죽음의 운명에 관해 말할 때 우리는 자식에 관해 말하는 것이다.

내 말이지만, 그게 무슨 뜻일까?

좋다, 물론 나는 찾아낼 수 있다, 물론이다. 그건 우리의 자식이 운명의 인질이라는 사실을 에둘러 인정하는 것과 다르지 않다. 하지만 우리가 자식에 관해 말할 때 우리는 무엇을 말하는 것일까? 자식이 있다는 것이 우리에게 어떤 의미인지를 말하는 것일까? 자식이 없다는 것이 우리에게 어떤 의미인지를 말하는 것일까? 자식을 떠나보내는 것이 우리에게 어떤 의미인지를 말하는 것일까? 보호할 수 없는 것을 보호하겠노라 맹세하는 수수께끼를 말하는 것일까? 부모가 된다는 것의 그 모든 불가해한 비밀을 말하는 것일까?

시간은 흘러간다.

그렇다, 동의한다, 진부한 이야기 아닌가, 물론 시간은 흘러간다.

그런데 왜 나는 이 말을, 그것도 반복하여, 하는 것일까?

나는 이 말을 내 삶의 대부분을 캘리포니아에서 보냈다는 말과 같은 식으로 해왔을까?

나는 이 말을 제대로 듣지 않고 그저 해왔을까?

시간은 흘러간다.

나는 이 말을 이를테면 *시간은 흘러간다, 하지만 의식할 수 있을 만큼 공격적으로 흘러가지는 않는다,* 또는 심지어 *시간은 흘러간다, 하지만 나한테는 아니다*에 가깝게 듣고 해왔을까? 나는 어느 여름날 아침 깨어보니 기력이 좀 떨어진 것 같다가 크리스마스 무렵에는 움직일 수 있는 능력이 완전히 사라져버리듯 몸과 마음에 찾아오는 돌이킬 수 없는 변화, 그 퇴화의 일반적인 성질과 영구성을 산입하지 않은 것일까? 삶의 대부분을 캘리포니아에서 살았다고, 하지만 사실은 그러지 않았던 것처럼? 이 시간의 흐름, 이 영구적인 퇴화, 이 사라지는 기력에 대한 인식이 증식되고 전이되어 삶 자체가 되어버리는 것처럼?

시간은 흘러간다.

나는 그걸 결코 믿지 않았던 것일까?

나는 푸른 밤이 영원히 지속될 수 있다고 믿었던 것일까?

03

지난 2009년 봄, 내게는 어떤 경고들이, 경보용 깃발들이, 푸른 밤이 시작되기도 전에 어두워질 것임을 알리는 최종 통지들이 찾아왔다.

뢰르 블뢰. 글로밍.

그해 그 어두움이 첫 번째 통지들을 날렸을 때까지만해도 그것들은 아직 분명치 않았다.

최초 통지는 받지 말았으면 좋았을 전화나 아무도 듣고 싶지 않은 소식처럼 갑작스럽게 들이닥쳤다. 그녀의어린 시절부터 내가 가까이 지낸 나타샤 리처드슨은 퀘

벡 외곽의 스키장에서 넘어졌고(봄방학을 맞아 나선 가족 여행이었고, 초보자 코스였다. *그녀에게 일어나서는 안 되는 일이 었다*) 몸이 정상이 아님을 깨달았을 때는 경막외 혈종이라는 외상성 뇌 손상으로 이미 죽어가고 있었다. 그녀는 바네사 레드그레이브와 우리의 가장 절친한 로스앤젤레스 친구들 중 하나였던 토니 리처드슨의 딸이었다. 내가 그녀를 처음 보았을 때 그녀는 아마 열세 살 또는 열네 살의, 아직 스스로에게 완전히 편안해지지 못한, 확신은 없지만 결연하며, 다소 지나치다 싶게 화장을 하고 눈부시게 흰 스타킹을 신은 사춘기 소녀였다. 할리우드의 킹스 로드에 살고 있는 아버지를 찾아 런던에서 온 참이었다. 토니는 영화 〈목구멍 깊이Deep Throat〉의 주연 배우 린다 러브레이스가 살았던 집을 사서 빛과 앵무새들과 휘핏 종 개들로 채웠다. 그는 런던에서 막 도착한 타샤를 라 스칼라 식당에서의 저녁 약속에 데리고 왔다. 그녀의 도착을 축하하는 파티로 계획된 자리는 아니었지만 그날 밤 라 스칼라에는 그녀의 아버지나 우리가 아는 사람들이 많았고 그녀의 아버지는 그 자리를 환영

파티처럼 느껴지게 만들었다. 그녀는 기분이 좋았다. 그로부터 몇 년 후 이제 퀸타나가 그 불확실한 나이에 이르렀을 때 열일곱 살이 된 타샤는 그녀의 아버지가 프랑스의 생 트로페 북쪽 바르 언덕에 만든, 스스로 즐기기 위한 마을이자 감독으로서의 자만의 소산인 르 니 뒤 뒤크Le Nid du Duc(공작公爵의 보금자리라는 의미)에서 여름을 보내고 있었다.

타샤가 르 니 뒤 뒤크에서 여름을 보내고 있었다는 말은 상황을 적절히 전달하지 못한 거다. 사실 존과 내가 그해 여름 프랑스에 도착했을 때 열일곱 살 소녀 타샤는 서른 명 안팎의 사람들이 여름 내내 즐길 수 있는 하우스 파티의 여주인장으로서 르 니 뒤 뒤크를 관리하고 있었다. 타샤는 그곳에 있는 몇 채의 집에 머무는 손님들의 식사를 책임졌다. 타샤는 누구의 도움도 없이 하루 세 차례씩 기본 서른 명에다 갑자기 들이닥쳐 술 한잔 하는 손님들까지 먹을 음식을 만들어 내와서는 라임나무들 아래 긴 테이블에 차렸다. 그저 음식을 만들고 차린 정도가 아니라 토니가 회고록《장거리 경주자The

Long–Distance Runner》에서 말했듯 "점심에 스무 명이 추가로 나타날 것이라고 해도 눈 하나 깜짝하지 않았다."

가장 놀라웠던 건 열일곱 살 나이에 벌써 타샤는 여동생 졸리와 캐서린은 물론이고, 어른이 되고 싶어 못 견뎠고 비행을 저지르겠다는 결의에 타오르던 로스앤젤레스의 8학년생들인 우리 퀸타나, 그리고 케네스와 캐슬린 타이넌의 딸 록사나를 성인의 삶으로 인도하는 역할을 맡았다는 것이다. 타샤는 퀸타나와 록사나가 매일 오후 생 트로페 해변의 적절한 지점에서 시간을 보내도록 했는데, 그해 그녀가 선택한 적절한 지점은 아쿠아 클럽이었다. 타샤는 퀸타나와 록사나가 해변에서 그들을 따라다니던 이탈리아 청년들과 적절하게 만날 수 있도록 했는데, 그 '적절한 만남'은 르 니 뒤 뒤크의 라임 나무 아래 긴 테이블에서의 식사를 포함하는 것이어야 했다. 타샤는 아쿠아 클럽에서 돌아왔고, 타샤는 그날 아침 토니가 사온 생선을 요리하는 데 쓸 완벽한 뵈르 블랑 소스를 만들었고, 타샤는 퀸타나와 록사나가 이탈리아 청년들을 구워삶아 자신들이 조금 전까지만 해도 파스텔조의 면직 교복을 입고 로스앤젤레스의 웨스트레이크와 말보로 여학교에 다니던 열네 살 소녀들이 아니라 조숙하고 세련된 UCLA 여대생들인 것처럼 믿게 만드는 모양을 지켜보았다.

그리고 결코, 단 한 번도, 전혀, 타샤는 이것을 비롯한 그 여름의 낭만적 우화들에 관해 내게 언질을 준 일이 없다.

오히려 반대였다.

타샤는 우화들을 궁리했으며, 타샤는 로맨스를 썼다.

내가 그녀를 마지막으로 본 것은 퀘벡 외곽의 초보자 스키 코스에서의 사고 며칠 후로, 그녀는 뉴욕의 레넉스 힐 병원 입원실에서 마치 금방이라도 깨어날 것처럼 누워있었다.

그녀는 깨어나지 않을 것이었다.

그녀가 몬트리올에서 이송되는 동안 가족들도 뉴욕에 모여들었다.

그녀를 보고 병원을 나서는데, 길에 가족들의 모습을 카메라에 담으려고 대기 중인 사진사들이 보였다.

나는 그들을 우회하여 파크 애비뉴로 나와 집까지 걸어갔다.

타샤와 영화 제작자인 첫 남편 로버트 폭스의 결혼식은 우리 아파트에서 치러졌었다. 타샤는 모든 방을 마르멜로 꽃으로 채웠는데 그만 꽃잎이 다 떨어져버려 앙상한 가지들만 먼지를 뒤집어쓴 채 남고 그나마 잔가지들이 잇달아 부서졌지만, 어찌됐든 거실에 그만저만 장식적인 요소가 되어주기는 했다. 그날 밤 레녹스 힐에서 걸어 돌아와 보니 아파트는 타샤와 그녀의 아버지와 그녀의 어머니의 사진들로 꽉 찬 것처럼 느껴졌다. 〈국경 The Border〉 촬영장에서 파나비전 카메라 뒤에 앉은 그녀의 아버지. 스페인의 촬영장에서 붉은 바람막이 재킷을 입고 그와 존과 내가 공동 작업한 HBO 프로젝트의 주인공들인 멜라니 그리피스와 제임스 우즈에게 연기 지도를 하고 있는 그녀의 아버지. 나와 연극 작업을 함께 하던 해 웨스트 45번 스트리트의 부쓰 씨어터 무대 뒤에 앉아있는 그녀의 어머니. 밀브룩 농장에서 두 번째 남편 리엄 니슨과 결혼식을 올린 후 만찬장 밖에 스스로 차려놓은 긴 테이블들 중 하나를 차지하고 존과 마주앉아 이야기를 나누고 있는 타샤 그녀.

그녀는 그 농장에서의 결혼식의 모든 것을 직접 관리했다. 그 전에도 후에도, 르 니 뒤 뒤크에서의 여름을 직접 관리했던 것과 똑같이.

그녀는 결혼식 미사를 집전할 신부까지도 직접 섭외하여 초빙했다. 그녀는 그 신부를 계속 '댄 신부님'이라고 불렀다. 미사가 시작될 때에서야 나는 '댄 신부님'이 운동가로 이름난 베리건 형제의 하나인 대니얼 베리건이라는 사실을 깨달았다. 대니얼 베리건은 롤랑 조페의 영화 〈미션The Mission〉의 자문역을 맡았던 모양이었다. 타샤는 그 행사 전체를 토니가 세상에서 가장 좋아한 바로 그런 종류의 연극처럼 기획했다. 토니는 타샤가 미사에 쓸 성체를 까먹는 바람에 긴 바게트를 찢어 대신했던 걸 특히 좋아했을 것이었지만, 결혼식 날 토니는 이미 고인이었다.

시간은 흘러간다.

타샤는 2009년 3월에 죽었다.

그녀에게 일어나서는 안 되는 일이었다.

그녀의 스물한 번째 생일에, 그녀의 아버지는 린다 러브레이스가 살았던 킹스 로드의 그 집에서 가졌던 점심식사 장면을 찍어 영화로 만들었다. 영화 속에서, 존은 그녀에게 생일축하 메시지를 전했다. 영화 속에서, 퀸타나와 피오나 루이스와 타마라 아세예프는 "처녀들은 그저 즐기기를 원할 뿐이야Girls Just Want to Have Fun"라는 노래를 불렀다. 영화 속에서, 점심을 마친 우리는 서로 잇대어 묶은 흰 풍선들을 공중에 띄우고는 그것들이 할리우드 힐스 너머로 흘러가는 모습을 지켜보았다. 그날 오후 토니는 W. H. 오든의 다음 시구를 '스물한 번째 생일에 보낼 수 있는 최상의 기원'이란 말과 함께 인용했다.

그리하여 나는 너에게 먼저

연극적 감성을 기원하노니, 오직

환상을 사랑하고

아는 이만이 멀리 갈 수 있음일지라.

영화 속에서, 타샤와 그녀의 아버지와 존과 퀸타나와 휘핏 종 개들과 앵무새들과 흰 풍선들은 모두 여전히 거기 있다.

나는 영화의 사본을 갖고 있다.

그리하여 나는 너에게 먼저 연극적 감성을 기원하노니.

그녀의 아버지는 밀브룩에서의 결혼식에서도 그렇게 말했을 것이었다.

시간은 흘러간다.

두 번째 경고는 조금도 갑작스럽지 않게, 2009년 4월 에 찾아들었다.

나는 신경염 또는 신경장애 또는 신경병적 염증의 증상이 있었기 때문에(그걸 뭐라고 불러야 하는지에 대해서 일반적인 합의가 이루어지지 않은 듯했다) MRI(자기공명영상)와 MRA(뇌혈관촬영)를 차례로 찍어야 했다. 이 사진들은 내 증상의 결정적인 원인을 제시하지 못한 반면에 윌리스 환環의 이미지들은 내 뇌의 바닥에 위치한 동맥들의 고리 속 깊은 곳에 가로 4.2mm, 세로 3.4mm 크기의 동맥

류가 있다는 증거를 보여주었다. 이 결과는 '전적으로 부수적'이고 '우리가 찾는 것과는 무관'하며 그다지 중요할 것도 없다고, 그 이미지들을 검토한 몇 명의 신경외과 전문의들은 강조했다. 한 사람은 이 특정한 동맥류는 "당장 파열할 것 같아 보이지 않는군요"라고 과감하게 선언했으며, 다른 사람은 "만일 터진다면 살아남지 못하실 거예요"라는 의견을 내놓기도 했다.

이것은 고무적인 소식처럼 보였고, 그래서 나는 그렇게 받아들였다. 2009년 4월 그 순간, 나는 내가 더이상, 전에는 어쨌는지 모르나, 죽음을 두려워하지 않는다는 사실을 깨달았다. 나는 이제 죽지 않을까봐, 뇌가(또는 심장, 또는 신장, 또는 신경계통이) 손상되고도 목숨을 부지하여 살게 될까봐 두려웠다.

타샤에게는 죽지 않을까봐 두려운 순간이 있었을까?

퀸타나에게는 죽지 않을까봐 두려운 순간이 있었을까?

이를테면 내가 강이 내려다보이는 뉴욕 코넬 병원의 중환자실에 들어서자 그곳에 모여 있던 스무 명은 족히

될 의사들 중 한 명이 환자가 벤틸레이터ventilator(인공호흡기)를 통해 더이상 충분한 산소를 흡입하지 못하기 때문에 흉부압박을 가하는 것이라고 말했던(관심 사안, 교훈의 순간, 환자의 남편과 어머니라는 두 학생을 위한 병례 검토회), 그러고 보니 그는 '벤틸레이터' 대신 '벤트'라고 말했던, 나는 공손하게도(주의 깊은 학생으로서 전문용어를 사용하여) 환자가 벤트를 통해 충분한 산소를 흡입하지 못한 지가 얼마나 되었냐고 물었던, 그러자 의사는 최소한 한 시간은 되었다고 답했던, 그 8월의 아침, 마지막에 이르기까지, 퀸타나에게는 죽지 않을까봐 두려운 순간이 있었을까?

내가 착각했던 것일까?

내가 핵심을 오해했던 것일까?

그들은, 진정코, 산소 부족으로 그 아이의 뇌가 이미 손상을 입었다는 말을 내게 해주지 않고 한 시간을 흘려보낼 수 있었을까?

질문을 바꿔보자. 만일 주의 깊은 학생이 질문하지 않았다면 어떻게 되었을까?

그들은 그걸 말해주기나 했을까?

나사를 좀 더 죄어보자. 만일 내가 묻지 않았다면 그 아이는 아직 살아있을까?

어딘가 짐짝처럼 처박혀?

더이상 지각력이 없지만 죽지 않고 살아남아서?

인간에게 자식의 죽음보다 더 큰 슬픔이 있을까?

그 8월의 아침, 강이 내려다보이는 뉴욕 코넬 병원의 중환자실에서 그 아이는 자신의 앞에 예정된 그것을 한순간이라도 인식했을까?

죽지 않을까봐 두려운 그 순간은, 그 8월의 아침, 그 아이가 실제로 죽어가고 있을 때 발생했을까?

아니면 이미 몇 년 전에, 자신이 죽어가고 있다고 생각했을 때 발생했을까?

04

"퀸타나가 어린 소녀였을 때, 우리는 말리부로, 태평양이 내려다보이는 집으로 이사했습니다." 그 아이가 땋은 머리채에 스테파노티스를 꽂고 페이야드의 복숭아빛 케이크를 자르던 오후 성 요한 성당의 사저에서 존은 이렇게 건배의 말을 시작했다. 태평양이 내려다보이는 그 집에서의 생활에 관해 그가 빼놓은 부분들이 있다. 이를테면 바람이 협곡 사이로 불어와 처마 밑에서 윙윙거렸고 지붕을 들썩였는가 하면 벽난로의 재로 인해 벽이 온통 허옇게 변해버리곤 했던 사실을 그는 빼놓았고, 주차장의 들보에서 왕뱀들이 떨어져 그 아래 지붕이 열린 채 주차되어 있던 코르벳 안으로 기어들곤 했던 사실을 그는 빼놓았으며, 코르벳 안에 왕뱀이 있다는 것은 적어도 방울뱀은 없다는 사실을 의미한다는 이유로(나는 결코 확신할 수 없었지만) 왕뱀은 그 지역에서 귀중한 존재로 간주되곤 했다는 사실을 그는 빼놓았다. 그가 빼놓지 않은 내용은 다음과 같다. 나는 그의 말을 정확히 인용할 수 있다. 왜냐하면 그가 건배의 말을 마치고는 그대로 종이에 적어두었기 때문이다. 그는 그 아이가 자신의 어린 시절을 그의 말로, 그의 정확한 기억으로, 그의 정확한 표현으로 간직하기를 원했었다.

그 집에는 마땅한 난방시설이 없었습니다. 낡은 히터가 있기는 했지만 화재로 집을 날릴까봐 언제나 걱정이었지요. 그래서 거실에 있는 초대형 벽난로로 난방을 했답니다. 아침에 일어나면 저는 그날 분의 땔나무를 들여오곤 했어요. 매주 한 묶음 정도의 나무를 땠을걸요. 그런 다음에 Q를 깨워서 아침 식사를 만들어 먹이고는 등교 준비를 시켰지요. 그해 아이 엄마는 책 한 권을 끝마칠 작정으로 새벽 두세 시까지 일한 다음 술을 한 잔 하고 시를 좀 읽은 뒤에 잠자리에 들었거든요. 그녀는 언제나 전날 밤에 Q의 점심을 만들어 조그만 파란색 도시락에 담아뒀어요. 한번 보셨어야 해요. 땅콩버터와 잼을 바른 흔해빠진 샌드위치 점심이 아니었어요. 가장자리를 잘라낸 뒤 네 개의 삼각형으로 사등분한 얇고 조그만 샌드위치들을 사란 랩으로 깔끔하게 포장했지요. 아니면 직접 튀긴 프라이드치킨에 소금이랑 후추가 담긴 앙증맞은 통까지 함께 담곤 했어요. 그리고 디저트로 꼭지를 딴 딸기에 사워크림과 흑설탕을 곁들였고요.

그렇게 제가 Q를 학교 앞까지 태워다주면 그 아이는 가파른 언덕을 걸어 내려갔어요. 아이들이 모두 교복을 입었었어요. 퀸타나는 격자무늬 점퍼와 흰 스웨터 교복을 입고 말리부의 태양 아래서 담황색으로 바랜 머리카락을 말총머리로 묶었지요. 아이가 태평양의 거대한 짙푸름을 향하여 언덕 아래로 사라지는 모습을 바라보면서 저는 여태 본 그 어느 광경보다 아름답다는 생각을 했습니다. 그래서 아이 엄마에게 "여보, 당신도 꼭 한번 봐야 해"라고 말했지요. 다음날 아침 아이 엄마는 Q가 언덕 아래로 사라지는 모습을 보며 울기 시작했습니다.

오늘 퀸타나는 그 언덕을 다시 올라오고 있습니다. 더 이상 격자무늬 점퍼를 입고 파란색 도시락을 든 담황색 말총머리 소녀가 아닙니다. 그 언덕 꼭대기에 왕자님과 함께 선 공주 신부입니다. 제리와 퀸타나를 위해 저와 함께 건배해 주시겠습니까?

우리는 건배했다.

우리는 그와 함께 제리와 퀸타나를 위해 건배했다.

우리는 성 요한 성당에서 제리와 퀸타나를 위해 건배했고, 그들이 떠난 뒤에 웨스트 65번 스트리트의 중국 식당에서 내 오빠와 존의 가족과 함께 제리와 퀸타나를 위해 한 번 더 건배했다. 우리는 그들의 행복을 기원했고, 우리는 그들의 건강을 기원했으며, 우리는 그들에게 사랑과 행운과 아름다운 아이들이 함께하기를 기원했다. 2003년 7월 26일 그 결혼식 날, 우리에게는 그처럼 평범한 축복의 말들이 실현되지 않을 것이라고 의심할 만한 이유가 전혀 없었다.

주의할 것은,

우리가 아직 행복과 건강과 사랑과 행운과 아름다운 아이들을 '평범한 축복의 말들'로 여겼다는 점이다.

05

그로부터 7년이 지난,

2010년 7월 26일.

지금 내 앞의 테이블에는 1971년에 찍었으나 최근에
야 내게 전달된 사진들이 놓여 있다. 존이 결혼식 건배
의 말에서 언급했던 난방시설이 없는 그 말리부의 집
안팎에서 그해 여름인가 가을에 찍은 것들이다. 우리가
그 집으로 이사한 1971년 1월의 그날은 구름 한 점 없
이 화창하게 시작했으나 퍼시픽 코스트 하이웨이를 따
라 3마일 반 거리의 트랑카스 마켓에서 뒤늦은 장을 보

고 집으로 돌아올 무렵에는 더이상 도로가 안 보일 만큼 자욱한 안개로 뒤덮여 있었다. 그 해안 지역에서 1월과 2월과 3월의 일몰 후 안개는 9월과 10월과 11월의 덤불 화재만큼이나 당연한 것이었기에 도로가 안 보이는 이 현상은 조금도 이변이라 할 수 없었다. 도로를 찾는 최선의 방법은 우선 숨을 고르고 저 아래 해발 이백여 피트 높이의 보이지 않는 절벽으로부터 마음을 떼어낸 뒤 좌회전을 하는 것이었다.

사진들 속에는 안개도 덤불 화재도 찾아볼 수 없다.

총 열여덟 장이다.

전부 한 아이의 같은 나이 적 모습이다. 다섯 살의 퀸타나. 건배의 말에서처럼 해변의 태양에 색이 바랜 머리카락을 하고 있다. 그중 몇 장에서는 그해 5월 〈니들 파크에서의 공황The Panic in Needle Park〉의 유럽 개봉 홍보차 런던에 갔을 때 내가 사준 캐시미어 터틀넥 스웨터를 입고 있다. 다른 몇 장에서는 마치 물려받은 옷인 양 조금 바래고 조금 헐렁한, 끝단에 미세한 구멍들이 난 체크무늬 깅엄 드레스를 입고 있다. 또 다른 사진들에서는 무릎께까지 잘라낸 청바지와 금속 단추가 박힌 리바이스 청자켓을 입고 대나무 낚싯대를 어깨에 걸치고 있는데, 자연스럽지 않은 폼새로 보아 낚싯대는 스타일 차원에서 의상 매치를 위한 장신구로 사용된 것처럼 보인다.

이 사진들은 퀸타나의 친가 사촌들 중 하나인 토니던이 휴가를 얻어 말리부에서 몇 달을 보내려고 방문했을 때 찍은 것들이다. 그가 말리부에 도착하고 고작 하루나 이틀이 지나 퀸타나의 젖니가 빠질 첫 기미가 보였다. 이가 흔들리는 것을 깨달은 아이가 혀로 그것을 밀어대면서 이는 더 흔들거렸다. 나는 내가 어렸을 때 이 상황에 어떻게 대응했는지를 기억해보려 했다. 가장 논리에 맞는 기억에 따르자면 어머니는 내 흔들리는 이 둘레에 실을 감고 그 실의 반대편 끝을 방문 손잡이에 그러맨 다음 문을 쾅 닫았다. 퀸타나에게 그 방법을 써봤으나 이는 꿈쩍도 하지 않았다. 그 아이는 울었다. 나는 자동차 열쇠를 손에 쥐고 큰 소리로 토니를 불렀다. 방문 손잡이에 실을 매는 것을 끝으로 임기응변식 대처에 대한 의욕이 사라졌고, 이제 남은 생각이라곤 아이를 30여 마일 떨어진 UCLA 병원에 데려가야 한다는 것뿐이었다. 세 명의 친 형제자매와 여러 사촌 속에서 자란 토니는 UCLA 병원까지 간다는 건 과잉반응이라며 만류했지만 내게는 통하지 않았다. 그는 마침내 "그러면 이 방법 한 번 써보고요" 하더니, 간단히 이를 뽑아냈다.

흔들리는 두 번째 젖니는 퀸타나 스스로 뽑았다. 나는 이미 권위를 상실했었다.

내가 문제였을까? 언제나 내가 문제였을까?

몇 달 전 사진들과 함께 보내온 편지에서 토니는 자신이 퀸타나에게서 본 어떤 것이 각각의 사진에 들어있다고 썼다. 어떤 사진들에서 그 아이는 우울하다. 커다란 눈이 렌즈를 응시한다. 다른 사진들에서 그 아이는 대담하다. 카메라에 도전적인 시선을 던진다. 그 아이는 손으로 입을 가린다. 그 아이는 물방울무늬 차양모자로 눈을 가린다. 그 아이는 흰 물결이 넘실거리며 발을 적시는 백사장을 걷는다. 그 아이는 입술을 깨물고 협죽도 가지에 매달아놓은 그네를 탄다.

몇 장은 낯이 익은 사진들이다.

런던에서 사온 캐시미어 터틀넥 스웨터 차림의 사진은 뉴욕의 내 책상 위에 놓인 액자에 끼워져 있는 그것이다.

뉴욕의 책상 위에는 바베이도스에서 보낸 크리스마스 때 그 아이가 찍은 사진 한 장도 액자에 끼워져 있다. 빌린 집 바깥의 바위들, 얕은 바닷물, 파도들이 남기고 간 흰 잔물결. 우리는 그날 밤 늦게 바베이도스에 도착했었다. 그 아이는 침대로 직행했고 나는 바깥에 앉아 라디오를 들으며 클로드 레비 스트로스의 《슬픈 열대Tristes Tropiques》속 한 구절을 찾으려 애썼다. 내가 찾지 못한 그 구절은 "열대는 이국적이지 않으며, 단지 낡은 것일 뿐이다"였다. 라디오에서는 미국의 파나마 침공 소식이 들려왔다. 우리가 바베이도스에 도착하고 나서 결행된 것이었다. 첫 새벽빛이 들어오자 나는 그 아이를 깨워 이 중요한, 혹은 내게 중요한, 정보를 전달했다. 아이는 시트를 끌어올려 얼굴을 덮는 것으로 그 주제에 관해 대화할 뜻이 없음을 분명히 했다. 나는 아랑곳하지 않고 이야기를 계속했다. 나는 "정확히 어제" 우리가 어젯밤 파나마를 침공할 줄 알았어, 그 아이가 말했다. 나는 어떻게 "정확히 어제" 우리가 어젯밤 파나마를 침공할 줄 알았냐고 물었다. 어제 시파 사진작가들이 사무실에 와서 파나마 침공에 대비한 자료들을 받아갔거든, 그 아이가 대답했다. 아이는 당시 사진 에이전시인 시파 프레스에서 일하고 있었다. 아이는 다시 시트 밑으로 기어들었다. 나는 다섯 시간의 비행기 여행 동안 어떻게 파나마 침공에 관해 한 마디도 할 필요를 느끼지 않았는지 아이에게 묻지 않았다. 책상위의 사진에는 "*엄마와 아빠에게. 할 수 있다면 상상해봐요, 이 유혹의 바다를. 사랑해요. 퀸타나*"라는 글귀가 새겨져 있었다.

그 아이는 정확히 어제 우리가 어젯밤 파나마를 침공할 줄 알고 있었다.

열대는 이국적이지 않았으며, 그저 낡은 것일 뿐이었다.

할 수 있다면 상상해보라, 이 유혹의 바다를.

전에 본 적이 없는 사진들 속에서도 눈에 익은 요소들이 찾아진다. 거실 의자 옆 임시변통용 협탁. 우리 집에서 '앤트 케이트' 식당 테이블로 통하던 식탁과 그 위에 놓인 어머니의 '크래프츠먼' 디너 나이프들. 코네티컷의 시어머니가 검정색과 황금색으로 덧칠해 보내준 등받이 곧은 목재 히치콕 의자.

그 아이가 타는 그네가 매달린 협죽도의 가지나 그 아이가 잔물결을 차며 걷는 해변의 굽은 곡선도 낯익은 것들이다.

그 아이가 입고 있는 옷들도 물론 낯익은 것들이다.

나는 한동안 매일같이 그 옷들을 보았고 세탁했으며 내 작업실 창밖에 빨랫줄을 걸고 널어 건조시켰다.

나는 그 아이의 옷들이 빨랫줄에 걸려 마르는 것을 바라보며 두 권의 책을 썼다.

이를 닦아야지. 머리를 감으렴. 쉿, 엄마 일하는 중이야.

그 아이가 어느 날 주차장에 붙여놓은 '엄마의 어록'에는 그렇게 씌어 있었다. 해변 가까이에 사는 어느 아이와 함께 만든 '클럽'의 산물이었다.

아직까지 낯선 것이라면, 사진에서는 보이지만 그 사진들이 찍힌 시절에는 보지 못했던 것이라면, 그 아이의 표정이 드러내는 깊음과 얕음의 경이로운 차이, 기분의 급격한 변화다.

이처럼 분명하게 보이는 것을 나는 어떻게 놓칠 수 있었을까?

가파른 언덕 밑의 그 학교에서, 격자무늬 점퍼 교복을 입고 파란색 도시락을 들고 걸어가던 그 학교에서, 존에게 여태 본 그 어느 광경보다 아름답다고 생각케 하며 걸어가던 그 학교에서, 그해 그 아이가 집으로 가져온 시를 나는 읽지 않았던가?

그 시의 제목은 '세상The World'이었다. 나는 길이 14인치, 너비 2인치라는 기묘한 규격의 가느다란 판지에 조심스럽게 써내려간 아이의 필체를 알아볼 수 있다. 나는 그 조심스런 필체를 날마다 본다. 그 판지를 액자에 넣어 뉴욕 아파트의 부엌 뒤 벽에 걸었기 때문이다. 그 옆에는 그 시절의 다른 기념물들이 함께 걸려있다. 〈뉴요커The New Yorker〉에서 오려낸 칼 샤피로의 시 〈캘리포니아의 겨울California Winter〉, 아버지가 정부 경매에서 구입한(군용식탁 몇 개와 화재 감시망대와 내가 운전을 처음 배운 황갈색 포드 군용 지프와 함께) 수십 개의 로열 수동타자기 중 하나로 내가 타이핑한 파블로 네루다의 시 〈어떤 피로감A Certain Weariness〉, 보고타를 방문한 존이 말리부의 퀸타나와 나에게 보낸 엽서, 그 해변의 집에서 저녁 식사 후 찍은 것으로 커피테이블 위에서 몇 개의 초가 타고 은제 유아용 컵에는 산톨리나 꽃이 가득 꽂힌 사진, 주민들에게 '화재 발생시' 대응 요령을 일러주는 토팽가 – 라스버지네스 소방국 발 등사본 통지서 등이다.

주의할 것은, '화재 발생의 **경우**'가 아니라는 점이다.

화재 발생**시**이다.

토팽가 – 라스버지네스 소방국 사람들은 '덤불 화재'라는 말을 들을 때 대부분의 사람들이 떠올리는 이미지들, 이를테면 몇 군데 연기가 피어오른 자취나 어쩌다 엿보이는 불길 같은 걸 말하고 있지 않았다. 소방국 사람들은 12피트 높이의 불길로 치솟으며 25마일 거리를 태운 화재를 말하고 있었다.

이곳은 만만한 구역이 아니었다. 도로를 찾는 것을 생각해보라.

또한 '세상' 그 자체를, 토팽가 – 라스버지네스 소방국 발 등사본 통지서 한 쪽을 가리고 있는 그 기이한 판지와 조심스런 필체를 생각해보라. 조심스런 필자의 선택에 의미가 있을 수도 그렇지 않을 수도 있기에, 나는 〈세상〉의 전문을 그 아이의 문자 배치 그대로, 오자 하나까지 그대로, 여기 싣는다.

〈세상〉

세상은

아침과 밤

외에는

아무것도 가진 게 없다

그것은

낮이나 점심을 갖고 있지 않다

따라서 이 세상은

가난하고 황패하다

이것은

단지 세 채의

집이 있는

어떤 종류의 섬이다

이 가정들에는

두 명, 한 명, 두 명이 있다

각각의 집에

두 명, 한 명, 두 명이니까 모두

다섯 명만이

이

섬에.

　우리가 살았던 그 해변, 우리만의 '어떤 종류의 섬'에
는 실제로 '단지 세 채의 집'이 있었다. 아니 좀 더 정확
하게는 사람들이 상주하는 집은 단지 세 채였다. 이 세
채의 집 가운데 하나는 촬영기사 딕 무어의 것으로 그
는 촬영 중인 영화가 없을 때 두 딸 마리나와 티타와 함
께 그 집에서 살았다. 우리 집 주차장에 붙은 '엄마의 어
록'을 만들어낸 그 클럽을 퀸타나와 함께 발족한 아이가
티타 무어였다. 티타와 퀸타나는 또한 '소프 팩토리'라

는 회사를 갖고 있었는데, 그 사업의 목적은 내가 박스째 주문해 쓰던 치자꽃 향의 아이 매그닌 비누를 모두 녹여 만든 결과물을 해변의 행인들에게 파는 것이었다. 이 해변의 양 끝은 조류에 잠겼었기 때문에 소프 팩토리의 영업시간 중에 나타나는 행인이라곤 두셋밖에 되지 않았고, 그래서 나는 본래의 상아색 타원형은 간 데 없이 회색의 기이한 뭉텅이가 되어버린 내 아이의 매그닌 비누를 되사야만 했다. 이 세 채의 집의 다른 '가정들'에 대해서는 아무런 기억이 없지만, 우리 가정에 대해서는 '두 명, 한 명, 두 명'이 아니라 '세 명'이 있었다고 해야 하겠다.

어쩌면 퀸타나는 우리만의 '어떤 종류의 섬'을 다르게 보았는지 모른다.

어쩌면 그 아이는 그럴 이유가 있었는지 모른다.

이를 닦아야지. 머리를 감으렴. 쉿, 엄마 일하는 중이야.

그 해변의 집에 살던 어느 날 집에 돌아와 보니 그 아이는 그 동네에서 그저 '카마리요'라고 불리던 곳에 전화를 했다고 말했다. 카마리요는 우리 집에서 북쪽으로

20여 마일 떨어진 벤투라 카운티에 있는 주립 정신병원이었다. 찰리 파커가 한때 치료를 받고 그 경험을 '카마리요에서의 휴식Relaxin' at Camarillo'이라는 곡에 담아 발표한 바 있으며, 이글스의 '호텔 캘리포니아Hotel California'에 영감을 주었다고 전해지기도 하는 병원이었다.

아이는 만일 자신이 미치면 어떻게 해야 하는지 알아보러 전화를 했다고 우리에게 일러주었다.

아이는 다섯 살이었다.

다른 어느 날 그 해변의 집에 돌아와 보니 그 아이는 20세기 폭스사에 전화를 했다고 말했다.

아이는 스타가 되려면 어떻게 해야 하는지 알아보러 20세기 폭스사에 전화를 했다고 설명했다.

역시 아이는 다섯 살, 어쩌면 여섯 살이었다.

티타 무어는 이제 고인이다. 그녀는 퀸타나보다 먼저 죽었다.

딕 무어도 이제 고인이다. 그는 작년에 죽었다.

마리나가 최근 내게 전화를 했다.

마리나와 내가 무슨 이야기를 했는지는 기억이 안 나

지만, 우리가 주차장에 붙은 "엄마의 어록"의 산실인 클럽에 관해 이야기하지 않았다는 것을 알고, 우리가 소프 팩토리에 관해 이야기하지 않았다는 것을 알고, 우리가 조류에 잠겼었던 그 해변의 양 끝에 관해 이야기하지 않았다는 것을 안다.

이 말을 하는 것은 마리나도 나도 그런 대화를 이어가지 못했으리라 믿기 때문이다.

진정하세요, 야간 경비원이 말했다
우리는 손님을 받게만 되어있답니다
손님께서는 원하실 때 체크아웃하실 수야 있지만
절대로 나가실 수는 없을 걸요

'호텔 캘리포니아'의 노랫말이다.
깊음과 얕음, 급격한 변화.
그 아이는 이미 한 개인이었다. 나는 그것을 결코 볼 수 없었다.

06

내 어머니의 '크래프츠먼' 디너 나이프는 어떤가?

내가 사진에서 알아본, 앤트 케이트 식탁 위의 그 '크래프츠먼' 디너 나이프는? 그것은 데크의 삼나무 널판 틈사이로 빠져 그 아래 경사진 둔덕 위의 채송화 밭으로 떨어졌던 바로 그 '크래프츠먼' 디너 나이프일까? 날은 이가 나가고 손잡이에 흠집이 날 때까지 채송화 밭에 남아있던 바로 그 '크래프츠먼' 디너 나이프일까? 그 집을 팔고 브렌트우드 파크로 이사하기 전 지질검사 통과를 위해 배수로를 손볼 때에야 발견되었던 그 나이프일까? 그 해변, 그 아이의 할머니, 그 아이의 유년기에 대한 하나의 기념물로 아이에게 주려고 보관했던 그 나이프일까?

나는 아직도 그 나이프를 갖고 있다.

여전히 이가 나가고, 여전히 흠이 난 채로.

그리고 나는 아직도 그 아이의 사촌 토니가 뽑은 아이의 젖니를 갖고 있다. 그것은 그 아이 스스로 뽑은 젖니들, 그리고 세 개의 진주알과 함께 공단으로 줄을 댄 보석상자 안에 들어있다.

그 젖니들도 그 아이에게 주려던 것이었다.

07

사실 나는 더이상 이런 종류의 기념물들을 중시하지 않는다.

나는 더이상 예전에 있었던 것, 파괴된 것, 상실된 것, 허비된 것을 떠올리게 해주는 것들을 원하지 않는다.

내가 그런 것들을 원한다고 생각했던 한 시기, 어린 시절부터 상당히 최근까지의 긴 시기가 있었다.

그들에 대한 기념물들, 그들의 '물건들,' 그들의 토템들을 보존함으로써, 사람들이 온전히 존재하게끔 할 수 있다고, 그들을 내 곁에 붙잡아둘 수 있다고 믿었던 시기.

이 같은 잘못된 믿음의 퇴적물이 지금 내 뉴욕 아파트의 서랍과 벽장들을 채우고 있다. 생각해보면 보고 싶지 않음이 분명한 무언가를 보지 않고 열 수 있는 서랍이라곤 하나도 없다. 실제 입고 싶을 수 있을 옷들을 위한 공간이 남아있는 벽장이라곤 하나도 없다. 그런 용도로 쓰일 수 있을 어느 벽장을 열어보면 존의 낡은 버버리 레인코트 세 벌, 퀸타나가 첫 번째 남자친구의 어머니로부터 받은 스웨이드 재킷 한 벌, 제2차 세계대전 직후 아버지가 어머니에게 준 이제는 좀이 슨 앙고라 망토 한 벌이 보인다. 다른 벽장을 열어보면 서랍들과 위태롭게 쌓여있는 각양각색의 상자들이 보인다. 상자 하나를 열어본다. 채광 기술자였던 할아버지가 20세기 초 시에라네바다에서 찍은 사진들이 나타난다. 다른 상자 안에는 어머니가 외할머니의 기념물 상자들에서 추려낸 레이스와 자수 쪼가리들이 들어있다.

칠흑색 비즈들.

상아색 묵주들.

만족스러운 해결책이 없는 물건들.

세 번째 상자를 열어보면 2001년에 완성하여 누군가에게 주었던 자수를 혹시 손봐야 할 때를 위해 모아둔 바늘자수용 실타래들이 셀 수 없이 보인다. 서랍장에는 스트레스에 관한 연구 보고서, 토마스 하디의 《더버빌 가의 테스Tess of the d'Urbervilles》에서 에인절 클레어의 역할에 대한 분석 등 웨스트레이크 여학교에 다니던 시절의 퀸타나가 남긴 서류들이 보인다. 아이의 웨스트레이크 여학교 여름 교복이 보이고, 진한 감색 반바지가 보인다. 산타모니카의 성 요한 병원에서 자원봉사를 할 때 입었던 파란색과 흰색 무늬의 에이프런이 보인다. 그 아이가 네 살일 때 내가 웨스트 57번 스트리트의 벤델에서 사준 검정색 울 샬리스 드레스가 보인다. 내가 그 검정색 울 샬리스 드레스를 샀을 때 벤델은 아직 웨스트 57번 스트리트에 있었다. 그만큼 오래 전의 일이다. 제럴딘 스터츠가 운영에서 손을 떼게 되면서 벤델은 그저 평범한 가게가 되어버렸지만, 아직 웨스트 57번 스트리트에 있고 내가 그 드레스를 샀을 때는 특별한 곳이었다. 내가 입을 할리스 하프 쉬폰 드레스도 그 아이가 입을 레터스 에지 셔츠도 있었으며 사이즈 0도 사이즈 2도 있었다.

역시 만족스러운 해결책이 없는 물건들.

나는 계속 상자들을 열어본다.

구태여 더 보고 싶지도 않을 색이 바래고 구깃구깃한 사진들이 보인다.

이제 더이상 부부가 아닌 사람들이 보냈던, 우리의 이름이 박힌 결혼식 청첩장들도 있다.

내가 더이상 얼굴을 기억하지 못하는 사람들의 장례식 미사 안내장들이 여럿 보인다.

이론상 이런 기념물들은 그 순간을 떠올려주는 기능을 하게 되어있다.

실제로는 그 순간에 내가 그것을 얼마나 불충분하게 인식했는지를 뚜렷이 알려주는 기능을 할 뿐이다.

그 순간에 내가 그것을 얼마나 불충분하게 인식했는지는 내가 결코 볼 수 없었던 또 하나의 사실이다.

08

그 아이의 깊음과 얕음, 그 아이의 급격한 변화.

물론 그것들은 그저 그것으로, 깊음으로, 얕음으로, 급격한 변화로 남도록 허락되지 않았다.

물론 그것들에는 마침내 이름들이, '진단'이 부여되었다. 그 이름들은 계속 변했다. 한 예로 조울병은 OCD로도 불리는 강박신경증으로, 강박신경증은 또 다른 무엇으로 변하여 도무지 무엇이었던지 기억할 수 없었지만 어찌됐든 내가 그것을 기억할 때쯤이면 또 새로운 이름, 새로운 '진단'으로 변할 것이기 때문에 별 상관이 없었다. '진단'이란 낱말을 인용부호 안에 가둔 것은 '진단'이 '치유'는 커녕 확증되고 그리하여 강제된 장애 외의 다른 결과로 이어진 사례를 보지 못했기 때문이다.

의술이라는 것이 불완전한 예술임을 보여주는 또 하나의 사례다.

그 아이는 우울했다. 그 아이는 불안했다. 그 아이는 우울했기 때문에, 그 아이는 불안했기 때문에, 그 아이는 술을 많이 마셨다. 이것은 자가 약물투여라고 불렸다. 우울증 약물로서의 알코올은 주지하는 바대로 나름의 결함들을 갖고 있지만, 그렇다고 그것이 지금까지 알려진 가장 효과적인 항우울제가 아니라고는 아무도 주장하지 않았다(어느 의사에게든 물어보라). 이런 것이야 상당히 단순한 현상처럼 보이겠지만, 일단 의학화되고 나면(깊음과 얕음과 급격한 변화에 이름이 부여되고 나면) 더이상 그렇게 보이지 않았다. 우리는 여러 개의 진단을, 여러 상이한 병명을 부여받다 결국 그들 중에서 가장 덜 규격화된, 의사가 제시한 가장 적절해 보이는 것에 정착했다. 그것은 '경계성 인격장애'였다. "이 진단을 받은 환자들은 진단 전문의를 혼란케 하고 정신요법 의사를 좌절케 하는 강점과 약점들의 복잡한 혼합체다." 2001년 판 〈뉴잉글랜드 의학 저널New England Journal of Medicine〉에 수록된 존 G. 건더슨의 기사 '경계성 인격장애: 임상 안내서'는 "이런 환자들은 어느 날에는 매력적이고 침착하고 심리적으로 온전한 듯 보이다 그 다음 날에는 자살을 부르는 절망에 빠질 수도 있다"라고 적고 있다. 기사는 계속된다. "충동성, 감정적 경향, 버림받지 않기 위한 광적인 노력, 정체성 혼란 등이 특징이다."

나는 이 특징들의 대부분을 보았다.

나는 매력을 보았고, 나는 침착함을 보았으며, 나는 자살을 부르는 절망을 보았다.

나는 그 아이가 브렌트우드 파크의 집, 제 거실, 분홍 목련을 바라볼 수 있었던 그 거실 바닥에 누워 죽음을 소망하는 모습을 보았다. *그냥 땅바닥에 있게 내버려둬 줘, 그 아이는 계속해서 흐느꼈다. 그냥 땅바닥에서 잠들게 내버려둬 줘.*

나는 충동성을 보았다.

나는 '감정적 경향'과 '정체성 혼란'을 보았다.

내가 보지 못한 건, 아니 보기는 했으나 알아차리지 못한 건, '버림받지 않기 위한 광적인 노력'이었다.

그 아이는 우리가 자신을 버릴 수 있다고 어떻게 상상이라도 할 수 있었단 말인가?

그 아이는 우리가 자신을 얼마나 필요로 하는지 조금도 몰랐단 말인가?

나는 그 아이가 '엄마에게 보여주려고 쓰고 있는 장편소설'이라며 썼던 글의 몇 부분을 최근 처음으로 읽어보았다. 이 프로젝트를 시작했을 때 그 아이는 열셋 아니면 열네 살이었을 것이다. "사건들의 일부는 사실에 기초한 것이고 나머지는 허구다." 그 아이는 책 앞에 이렇게 일러두고 있다. "이름들은 아직 완전히 바꾸지 않았다." 내가 읽은 부분들의 주인공은 나이는 열네 살이고 이름은 퀸타나이며(어떤 때는 다른 이름들로 불리고 있는데, 완전히 바뀌기 이전의 시도들인 듯하다) 자신이 임신했을지 모른다고 믿는다. 그녀는 자신의 소아과 의사와 상담을 하는데, 이는 "진단 전문의를 혼란케 하고 정신요법 의사를 좌절케 하기" 위해 특별히 고안된 구성 장치로 보인다. 소아과 의사는 부모에게 사실을 털어놓으라고 충고한다. 그녀는 그 충고를 따른다. 부모가 어떻게 대응할 것인지에 관한 그녀의 생각은 임신과 관련한 다른 모든 장치와 마찬가지로 혼란스럽고 환상적이며 극도의 정서적 고통 또는 서사적 착상의 표현으로 보인다. "그들은 낙태 비용을 대주겠다고 말했지만 그 후에는 그녀에게 더이상 신경조차 쓰지 않았다. 그녀는 그들의 브렌트우드 교외 주택에서 살 수 있었지만, 그들은 그녀가 무엇을 하건 더이상 신경조차 쓰지 않았다. 그녀로서는 상관없었다. 그녀의 아버지는 성미가 고약했지만, 그들이 하나뿐인 자식을 무척 사랑하는 것만은 확실했었다. 그런데 이제 그들은 그녀에게 더이상 신경조차 쓰지 않았다. 퀸타나는 자신이 원하는 대로 생을 살아갈 것이었다."

이 지점에서 이 부분은 갑작스런 결말로 비약한다. "다음 페이지들은 퀸타나의 죽음과 열여덟 살의 나이에 완전히 고갈되어 버리는 친구들의 모습을 보여줄 것이다."

그녀가 우리에게 보여주려고 쓰던 장편소설은 이렇게 끝났다.

우리에게 무엇을 보여주려고?

자신이 장편소설을 쓸 수 있다는 것을 우리에게 보여주려고?

자신이 왜 어떻게 죽을 것임을 우리에게 보여주려고?

우리의 반응이 어떨 것이라고 자신이 믿고 있는지를 우리에게 보여주려고?

이제, 그들은 더이상 신경조차 쓰지 않았다.

아니다.

그 아이는 우리가 자신을 얼마나 필요로 하는지 조금도 몰랐다.

우리는 어찌하여 서로를 이렇게 오해할 수 있었던 것일까?

그 아이는 우리가 장편소설을 썼기 때문에 장편소설을 쓰기로 선택했을까? 그것은 그 아이에게 강요된 또하나의 의무였을까? 그 아이는 그것을 두려움으로 느꼈을까? 우리가 그랬을까?

다음으로는 그보다 앞서 그 아이의 악몽에 자주 나타나던 한 인물에 관해 내가 적어둔 기록이다. 그 아이가 부서진 남자라고 부른 환상가로서, 아이가 너무 자주 그것도 섬뜩하리만치 구체적으로 묘사했기에 나는 아이의 이층 침실 창밖 테라스로 나가 과연 그런 자가 정말 있는지 확인하곤 했다. "그 사람은 정비공처럼 파란색 작업복 셔츠를 입고 있어." 그 아이는 내게 반복해 말했다. "반소매야. 그 사람은 언제나 셔츠에 이름을 달고 있어. 오른쪽에. 그 사람의 이름은 데이비드, 빌, 스티브, 그런 흔한 이름들 중 하나야. 내 추측으로 이 사람은 나이가 쉰 살에서 쉰아홉 살쯤 됐어. 다저스 야구모자 같은 걸 쓰고 있어. 색깔은 짙은 감색이고, 걸프GULF라고 씌어져 있어. 짙은 감색 바지에 갈색 혁대에 윤이 반지르르한 검정색 구두 차림이야. 그리고 내게 이렇게 낮은 목소리로 말을 걸어. *얘야, 퀸타나. 내가 너를 여기 주차장에 가둘 테다.* 다섯 살 되고 나서부터는 한 번도 그 사람 꿈을 꾼 적이 없어."

　데이비드, 빌, 스티브, 그런 흔한 이름들 중 하나라고?

언제나 셔츠에 이름을 달고 있다고? 오른쪽에?

다저스 야구모자 같은 것, 짙은 감색에, 걸프라고 씌어져 있다고?

그 아이가 다섯 살이 되고 나서부터는 한 번도 그 사람 꿈을 꾼 적이 없다고?

그 아이가 "내 추측으로 이 사람은 나이가 쉰 살에서 쉰아홉 살쯤 됐어"라고 말했던 순간, 부서진 남자에 대한 나의 두려움은 그 아이의 것만큼이나 의심의 여지가 없는 것이 되었다.

09

이 두려움의 문제에 관해.

처음 이 글을 쓰기 시작했을 때 나는 그 주제가 아이들, 그러니까 우리가 갖고 있는 아이들, 우리가 가졌기를 소망하는 아이들, 우리가 아이들이 우리에게 의존하기를 바라는 방식, 우리가 그들이 아이들로 남아주기를 부추기는 방식, 그들이 가장 피상적으로 아는 사람들에게보다 우리에게 자신을 덜 드러내는 방식, 우리도 그들에게 마찬가지로 불투명한 방식 등이 되리라고 믿었다.

우리가 서로에게 "그저 보여주려고" 장편소설을 쓰는

방식.

서로에 대한 우리의 투자가 너무도 무거워 서로를 명료하게 보지 못하는 방식.

우리나 그들이나 서로의 죽음이나 질병은 물론, 심지어 노화조차 차마 생각도 할 수 없는 방식.

글이 이어지면서 실제 주제는 아이들이 아니라는, 최소한 아이들 그 **자체**가 아니라는, 최소한 아이들**로서의** 아이들이 아니라는 생각이 들었다. 실제 주제는 이런 생각에 대한 거부, 노화와 질병과 죽음의 확실성에 대한 직시의 실패였다.

이 두려움.

글이 더 이어지면서 나는 이 두 주제가 동일한 것임을 깨달았다.

우리가 죽음의 운명에 관해 말할 때 우리는 자식에 관해 말하는 것이다.

애야, 퀸타나. 내가 너를 여기 주차장에 가둘 테다.

내가 다섯 살 되고 나서부터는 한 번도 그 사람 꿈을 꾼 적이 없어.

그 아이가 태어나고 나서부터는 나는 한 번도 두렵지 않은 적이 없었다.

나는 수영장, 고압선, 싱크대 밑의 잿물, 약장의 아스피린, 부서진 남자 그 사람이 두려웠다. 나는 방울뱀, 격류, 산사태, 문가의 낯선 사람들, 원인을 알 수 없는 고열, 오퍼레이터 없는 엘리베이터, 호텔의 텅 빈 복도가 두려웠다. 두려움의 원천은 명백했다. 그 아이에게 닥칠 수 있을 위해危害였다.

질문: 우리와 아이들이 실제로 서로를 명료히 볼 수 있다면 두려움이 사라질까? 양쪽 모두에게서 두려움이 사라질까, 아니면 내게서만 두려움이 사라질까?

10

그 아이는 1966년 3월 3일 새벽 한 시 즈음 산타모니카의 성 요한 병원에서 태어났다. 분만을 담당한 산부인과 의사 블레이크 왓슨은 산타모니카 해변을 따라 사십여 마일 떨어진 포추기스 벤드의 우리 집으로 전화를 해서 3월 3일 당일 늦은 오후쯤이면 아이를 입양할 수 있다고 말했다. 존이 화장실에 들어와 샤워 중이던 내게 블레이크 왓슨의 말을 전했을 때 나는 울음을 터뜨렸다. "지금 성 요한 병원에 아름다운 여자아기가 있습니다"라고 말했다고 그랬다. "이 아이를 원하시는지 알려주세요." 아기 엄마는 투손 출신이라고, 출산을 위해 캘리포니아의 친척 집에 기거해 왔다고 했다. 한 시간 후에 우리는 성 요한 병원 신생아실 창밖에 서서 유난히 검은 머리카락과 장미 봉오리 같은 이목구비를 가진 갓난아기를 바라보고 있었다. 그 아이의 손목에는 이름이 아니라 '정보 없음'을 뜻하는 약자 'N.I.' 딱지가 붙어 있었다. 입양 대상 아기에 관한 어떤 질문에 대해서도 제공할 답이 없다는 병원측의 의사표시였다. 간호사 하나가 그 유난히 검은 머리카락에 분홍 리본을 달아 놨었다. "그 아기 아니구요." 존은 나중에 그 아이에게 그날 신생아실의 장면을 반복하여 재연하곤 했다. 우리가 그곳의 모든 아기들 중에 그 아이를 고른 순간의, 그 권장된 '선택' 이야기를. "그 아기 아니구요. 네, 그 아기요. 그 리본단 아기요."

"그 아기, 그거 해봐." 그 아이는 이렇게 조르곤 했다. 권장된 선택을 한 우리의 지혜에 대한 승인으로서 주는 선물이었다. 선택 이야기는 더이상 육아 전문가들이 보편적으로 선호하지 않지만, 그때는 1966년이었다. "다시 해봐. 그 리본 단 아기요, 그거 해봐."

다음에는, "왓슨 의사 선생님의 전화 장면, 그거 해줘." 블레이크 왓슨은 이 공연에서 이미 전설적인 인물이 되어 있었다.

그 다음에는, "샤워 장면 해줘."

샤워 장면까지도 권장된 선택 이야기의 일부가 되어 있었다.

1966년 3월 3일.

우리는 그날 밤 성 요한 병원에서 나와서 존의 형인 닉과 형수 레니에게 이 이야기를 해주러 그들의 베벌리 힐스 집에 들렀다. 레니는 내게 다음날 아침 삭스 백화점에서 만나 함께 신생아 용품들을 구비하자고 했다. 그녀는 크리스털 통에서 얼음을 꺼내 축하주를 만드는 중이었다. 축하주는 모든 특별한, 아니 어쩌면 모든 평범한, 일들을 기념하는 우리 집안의 전통이었다. 돌아보면 우리모두는 필요 이상의 술을 마셨지만 1966년 당시에는 그런 생각은 전혀 들지 않았다. 언제나 누군가가 아래층에서 칵테일을 만들고 "위네트카에서 빅 노이즈가 당도했

네Big Noise Blew in from Winnetka"를 부르는 내 초기 소설들을 읽으면서야 나는 비로소 우리 모두가 얼마나 술을 많이 마셨고 또한 그것을 얼마나 대수롭지 않게 여겼는지를 깨달았다. 레니는 내 잔에 얼음을 더 넣어준 다음 빈 크리스털 통을 다시 채우러 부엌으로 가면서 "삭스에서 80달러를 쓰면 유모차를 덤으로 준다더라구" 했다.

나는 갑자기 오싹함을 느꼈다.

나는 잔을 받아 내려놓았다.

나는 유모차가 필요할 것을 생각하지 않았었다.

나는 신생아 용품들이 필요할 것을 생각하지 않았었다.

검은 머리카락의 아기는 그날 밤부터 모두 사흘 밤을 성 요한 병원 신생아실에서 보냈다. 나는 포추기스 벤드의 집에서 그 밤들의 어느 시점에선가 잠이 깨어 똑같은 오싹함을 느꼈고, 저 아래에서 파도가 바위에 부딪치는 소리를 들었으며, 내가 아기를 까맣게 잊어버렸거나, 잠든 아기를 서랍장 속에 내팽개친 채 저녁을 먹거나 영화를 보러 시내에 나가버려, 홀로 잠이 깬 아기가 먹을 것이 없어 배가 고픈, 그런 꿈을 꾸었다.

달리 말해서 내가 실패해버린 꿈을 꾸었다.

아기를 얻고도 그 아기를 안전하게 지켜주는 데 실패해버린.

아기를 입양하는 것을, 아니 어떤 식으로든 아기를 갖는 것을 생각할 때, 우리는 '축복'의 측면을 강조한다.

우리는 돌연한 오싹함의, 그 '만약'의, 확실한 실패로의 추락의 순간을 말하지 않는다.

만약 이 아기를 보살피는 데 실패한다면?

만약 이 아기가 건강하게 자라지 못한다면, 만약 이 아기가 나를 사랑하지 못한다면?

이보다 나쁜 것은, 훨씬 더 끔찍한 것은, 상상할 수도 없이 지독한 것은, 나 자신도 상상해 보았으며 아기를 입양하는 사람이라면 누구나 생각하는 것은, *내가 이 아기를 사랑하지 못한다면?*

1966년 3월 3일

레니가 유모차를 말한 순간까지는, 모든 것이 아주

빠르게 진행되었다. 유모차 전까지는 모든 것이 대단치 않게, 거의 즐겁게 느껴졌다. 기분으로 말하면 그해 너도나도 입었던 잭스 저지 셔츠나 릴리 퓰리처 시프트 드레스와 그다지 다를 것이 없었다. 1966년 새해 연휴에 존과 나는 모티 홀의 보트를 타고 카탈리나 섬의 반대편 끝 지점인 캣 하버에 갔었다. 모티 홀은 다이애나 린의 남편이었고, 다이애나는 레니의 가까운 친구였다. 보트 위에서 보낸 그 주말의 어느 시점엔가(그 여행의 성격으로 추측하건대 우리가 술을 마시고 있었거나 마시려고 생각하고 있었거나 만들고 있었거나 만들려고 생각하고 있었던 한 시점일 것이다) 나는 다이애나에게 아기를 가지려 하는 중이라고 말했다. 다이애나는 블레이크 왓슨과 이야기해 볼 것을 권유했다. 블레이크 왓슨은 자신들의 아이 넷 전부는 물론이고 마침 그날 그 보트에 함께 타고 있었던 닉과 레니의 오랜 친구인 하워드와 루 어스카인 부부의 입양녀의 분만을 도운 의사라 했다(하워드는 닉의 윌리엄스 칼리지 동창이었다). 어스카인 부부가 거기 있었기 때문이거나 또는 내가 아기를 원한다는 이야기를 했기 때문이거나 아니면 우리 모두가 마시기를 원했던 술을 마셨기 때문이거나, 어쨌든 입양이 화제가 되었다. 다이애나 자신도 입양아 출신인 것으로 보였는데, 이 사실은 그녀에게 줄곧 비밀로 부쳐졌다가 스물한 살이 되어서야 어떤 재정적인 사유로 부득이하게 알려졌다고 했다. 그녀의 양부모는 비밀을 다이애나의 에이전트에게 털어놓는 것으로(당시에는 이상하게 보이지 않았었다) 상황을 처리했다. 다이애나의 에이전트는 다이애나를 베벌리 힐스 호텔로 데려가는 것으로(역시 당시에는 이상하게 보이지 않았었다) 상황을 처리했다. 다이애나는 폴로 라운지 식당에서 이 사실을 들었다. 그녀는 비명을 지르며 건물 주변의 부겐빌레아 숲속으로 뛰어들었노라고 회상했다.

그게 다였다.

그리고 그 다음 주, 나는 블레이크 왓슨을 만나고 있었다.

그가 병원에서 우리에게 전화를 걸어 아름다운 여자아기를 원하느냐고 물었을 때 우리는 조금도 주저하지 않았다. 우리는 그 아기를 원했다. 그가 병원에서 우리에게 그 아름다운 여자아기를 뭐라고 부를 거냐고 물었을 때 우리는 조금도 주저하지 않았다. 우리는 그 아기를 퀸타나 루라고 부를 것이었다. 몇 달 전 멕시코에 갔을 때 지도상에서 그 이름을 보았던 우리는 만일 우리에게 딸이 생긴다면(그저 백일몽과 같은 대화일 뿐 우리에게 딸이 생길 예정은 없었다) 그 아이의 이름은 퀸타나 루로 하자고 약속했던 것이다. 지도상의 퀸타나 루라는 지역은 아직 정식 주가 아니라 속령屬領인 상태였다.

지도상의 퀸타나 루라는 지역은 아직 고고학자나 파충류학자, 산적들이 주로 출몰할 뿐인 곳이었다. 칸쿤에서의 봄방학 같은 풍속은 아직 존재하지 않았다. 할인 항공권이나 클럽 메드(세계적인 리조트 업체) 따위도 없었다.

지도상의 퀸타나 루라는 지역은 아직 미지의 땅이었다.

성 요한 병원 신생아실의 갓난아기도 그랬다.

라톱타다L'adoptada(입양녀라는 뜻의 스페인어), 그 아이는 그렇게 불렸다. 입양된 아이.

미하*M'ija*(딸이라는 뜻의 스페인어), 그렇게도 불렸다. 내 딸.

입양이란 제대로 하기 어려운 일이라는 것을 나는 차츰 배웠다.

관념상으로, 입양과 관련하여 당시 가장 널리 인정되던 태도조차도 나쁜 소식을 담고 있었다. 누군가가 우리를 '선택'했다면 그게 무슨 뜻일까?

우리가 '선택'될 수 있도록 전시되고 있었다는 뜻 아닐까?

세상에는 결국 단 두 명밖에 없다는 뜻 아닐까?

우리를 '선택'한 사람과,

그러지 않은 사람?

'버림받음'이라는 낱말이 고개를 드는 게 보이는가? 우리는 그렇게 버림받지 않기 위한 노력을 하지 않을까? 그와 같은 노력이 '광적'이라고 묘사되지 않을까? 그 다음 일어날 일을 우리는 자문하고 싶을까? 어떤 낱말들이 떠오르는지 물을 필요가 있을까? 그들 가운데 '두려움'이 들어있지 않을까? '불안' 또한 들어있지 않을까?

미지의 땅은, 그 전까지는, 복잡하고 곤란한 문제가
없는 상태를 의미했었다.

미지의 땅이 그 나름의 복잡하고 곤란한 문제를 일으
킬 수 있다는 것은 생각지 못했던 일이었다.

11

입양이 법적으로 완결된 1966년 9월의 어느 더운 날,
우리는 그 아이와 함께 로스앤젤레스 시내의 법정을 떠
나 베벌리 힐스의 더 비스트로 식당으로 가 점심을 먹
었다. 그날 그 법정에서 아기 입양에 관해서는 그 아이
건이 유일했다. 다른 입양 건들이 없었던 건 아니지만
모두 세제상의 혜택을 위해 서로를 입양하려는 성인들
의 청원 건이었다. 더 비스트로에서도, 물론 더 그럴 만
한 일이지만, 그 아이는 유일한 아기였다. *케 에르모사*
Que hermosa(정말 예쁘다는 뜻의 스페인어), 웨이터가 나지막하고

정겨운 목소리로 말했다. *케 출라*Qué chula(정말 귀엽다는 뜻의 스페인어). 그들은 우리에게 시드니 코샤크(유명한 노동법 변호사)의 자리로 비워두곤 하던 긴 의자가 놓인 구석 테이블을 내주었다. 그 시절 그 지역에 살았던 사람들에게만 그 중대한 의미가 전달될 수 있었을 특별한 제스처였다. "코샤크의 고갯짓 하나에 트럭운전사 노동조합은 경영진을 갈아치웠다." 영화 제작자 로버트 에반스는 훗날 시드니 코샤크라는 인물을 이렇게 표현했다. "코샤크의 고갯짓 한 번에 라스베가스 전체의 운영이 중지됐다. 코샤크의 고갯짓 한 번에 다저스가 별안간 야간 야구경기를 할 수 있게 되었다." 웨이터들은 아기 바구니를 우리 둘 사이 테이블 위에 올려놓았다. 그 아이는 파란색과 흰색 점이 찍힌 오건디 드레스를 입고 있었다. 아직 7개월도 채 되지 않았었다. 내가 보기에 더 비스트로에서 시드니 코샤크의 테이블을 차지하고 먹는 이 점심은 선택 이야기의 해피 엔딩이었다. 우리는 선택했고, 아름다운 여자아기는 우리의 선택을 받아들였으며, 생부모가 법정에 나와 단순히 "아니다, 이 아기는 내 아기다,

돌려받고 싶다"고 말할 수 있는, 캘리포니아 주의 사적 입양 관련법이 보장하는 절대적 권한을 행사하지도 않았으니까.

사안은, 내가 믿고 싶었던 대로, 종결지어졌다.

두려움은 이제 사라졌다.

그 아이는 우리 아이였다.

그로부터 몇 년간 내가 깨닫지 못했던 것은 우리 집에서 두려움을 느꼈던 사람이 나뿐이 아니라는 사실이었다.

만약 엄마 아빠가 왔슨 의사 선생님의 전화를 받지 않았다면? 그 아이는 느닷없이 이렇게 말하곤 했다. *만약 엄마 아빠가 집에 없었다면? 만약 병원에서 왔슨 의사 선생님을 만날 수 없었다면? 만약 고속도로에서 사고가 났다면? 그랬다면 나는 어떻게 되었을까?*

나는 이 질문들에 대한 적절한 대답을 갖고 있지 않았기 때문에 그것들에 대해 깊이 생각하기를 거부했다.

그 아이는 그것들에 대해 깊이 생각했다.

그 아이는 그것들과 함께 살았다. 그러다 살기를 멈

추었다.

"멋진 기억들이 있잖아요." 사람들은 나중에 내게 말했다. 마치 기억이 위안이라는 듯이. 기억은 위안이 아니다. 기억은 정의상 지나간 시간, 지나간 것들이다. 기억은 벽장에 들어있는 웨스트레이크 여학교의 교복이고, 색이 바래고 구깃구깃한 사진들이고, 더이상 부부가 아닌 사람들이 보냈던 청첩장들이고, 내가 더이상 얼굴을 기억하지 못하는 사람들의 장례식 미사 안내장들이다. 기억은 더이상 기억하고 싶지 않은 그런 것들이다.

12

시드니 코샤크. 향년 88세로 사망. 시카고 조직폭력
단의 전설적인 해결사.

1996년 시드니 코샤크가 사망했을 때 〈뉴욕 타임스〉
에 실린 부고의 제목이다. "그가 여러 차례 연방정부와
주정부의 수사를 받았음에도 한 번도 기소되지 않았다
는 사실은 시드니 코샤크가 거둔 성공의 한 실례이다."
기사는 계속된다. "당국이 입증하지 못한 그 범죄들을
실제로 그가 저질렀다는 광범위한 통념은 그를 할리우
드의 대표적인 영화 제작자들, 기업 중역들, 정치인들의

불가결한 협력자로 만들어 주었다."

그의 사망 30년 전에 모티 홀은 자신과 다이애나는 시드니 코샤크가 주최하는 파티에는 결단코 참석하지 않겠노라는 원칙을 천명했었다.

나는 모티와 다이애나가 어느 날 저녁식사 자리에서 전적으로 가정에 지나지 않는 이 문제를 놓고 열띤 논쟁을 벌이던 것을 기억한다.

모티와 다이애나, 그리고 그들이 시드니 코샤크가 주최하는 파티에 참석을 거부할 것인지 여부를 놓고 벌인 어느 날 저녁식사 자리에서의 열띤 논쟁. 이런 것들이 사람들이 말하는 멋진 기억을 뜻하는 것이리라 결론을 내릴 수밖에 없다.

최근 오래된 광고에서 다이애나를 보았다. 유튜브에 간혹 등장하는 진귀한 비디오들 중 하나였다. 엷은 색 밍크 숄 차림의 그녀는 올즈모빌 88의 보닛에 거의 엎드리다시피 한 채 특유의 탁한 목소리로 올즈모빌 88을 "내가 아는 가장 화끈한 숫자"라고 소개하고 있다. 이 시점에서 올즈모빌 88은 자신의 '로켓 엔진'과 '하이드라

매틱 주행'을 자랑하며 다이애나에게 말을 건다. 다이애나는 엷은 색 밍크 숄의 앞섶을 여민다. "아주 근사해." 그녀는 역시 탁한 목소리로 올즈모빌 88에게 응답한다.

이 올즈모빌 88 광고 속의 다이애나는 시드니 코샤크가 주최하는 파티에 참석하기를 굳이 거부할 것 같아 보이지 않는다.

이 올즈모빌 88 광고를 유튜브에서 접하는 사람들 중에 시드니 코샤크는 물론, 다이애나나, 심지어 올즈모빌 88조차 아는 사람은 하나도 없을 것이라는 생각도 든다.

시간은 흘러간다.

다이애나는 이제 고인이다. 그녀는 1971년 마흔다섯의 나이에 뇌출혈로 죽었다.

존과 내가 시나리오를 쓴 영화 〈순리대로 가야지Play It As It Lays〉에서 튜스데이 웰드와 앤서니 퍼킨스 다음 가는 비중의 역할을 맡았던 그녀는 촬영을 며칠 앞둔 어느 날 의상 가봉을 마친 후 쓰러졌고, 그래서 그녀의 역할은 태미 그라임스에게 넘어갔다. 로스앤젤레스의 시더스 사이나이 병원 중환자실에서 나는 그녀를 마지막으로 보았다. 레니가 동행해주었다. 그 일이 있고 나서 레니와 내가 시더스 사이나이 병원 중환자실을 다시 들 렀던 때는 그녀와 닉의 딸 도미니크를 보기 위해서였다. 도미니크는 할리우드의 집 앞에서 목이 졸렸다. "다이애 나보다 더 참혹해 보여." 도미니크를 보았을 때 레니가 내게 낮은 목소리로 말했다. 그녀가 들이쉬는 호흡 소 리가 너무 갑작스러웠기에 나는 그녀의 말을 간신히 알 아들을 수 있었다. 나는 레니가 무슨 말을 하는 것인지 알았다. 레니는 다이애나가 살아남지 못했다는 말을 하 는 것이었다. 레니는 도미니크도 살아남지 못할 것이라 는 말을 하는 것이었다. 나도 알고 있었다. 전화를 걸어 온 경찰관이 자신을 '강력반' 소속으로 소개했을 때부터 알았던 것인지도 모른다. 하지만 나는 그것이 입밖으로 말이 되어 나오는 것을 듣고 싶지 않았다. 나는 몇 달 전 뉴욕에서 다이애나의 딸들 중 하나와 우연히 마주쳤다. 우리는 근처에서 점심을 같이 먹었다. 다이애나의 딸은 우리가 마지막으로 서로를 보았던 것이 다이애나가 아 직 살아서 뉴욕에 거주하던 시절, 내가 퀸타나를 데려와 그녀의 딸들과 놀게 했던 어느 날임을 기억했다. 우리는 연락하고 지내자고 약속했다. 집으로 걸어오는 길에 나는 너무 많은 사람들을 이런저런 중환자실에서 마지막으로 보았다는 생각이 들었다.

13

모든 것에는 계절이 있다.

전도서, 맞다, 하지만 나는 버즈The Byrds(미국의 록 밴드)
가 먼저 떠오른다. 그들이 부른 "돌고 돌고 돌고Turn Turn
Turn."

나는 프랭클린 애비뉴의 집 마루와 말리부의 집 테라
코타 타일 바닥에 앉아 버즈의 8트랙 테이프를 듣고 있
는 퀸타나 루가 먼저 떠오른다.

버즈와 마마스 앤드 파파스(미국의 4인조 보컬 그룹). "춤추
고 싶어Do You Wanna Dance?"

"나는 춤추고 싶어." 그 아이는 8트랙 테이프를 따라 나지막이 노래를 부르곤 했다.

모든 것에는 계절이 있다. *나는 계절들이 그리울 것 같아.* 뉴욕 사람들은 자신이 캘리포니아 남부에 살지 않는다는 것에 대한 특별한 자부심을 드러내며 이렇게 말하기를 즐긴다. 사실 캘리포니아 남부에도 계절들이 있다. 이를테면 '화재의 계절' 또는 '화재가 발생하는 계절'이 있고, '비가 내리는 계절'도 있다. 하지만 캘리포니아 남부의 이런 계절들은 마치 무작위적인 운명의 손길처럼 연극적으로 다가오기 때문에 시간의 흐름을 비정하게 암시하지는 않는다. 다른 계절들, 동해안 사람들이 그처럼 자랑스러워하는 그 계절들은 그리한다. 캘리포니아 남부의 계절들은 폭력을 암시할 뿐 반드시 죽음을 암시하지는 않는다. 뉴욕의 계절들은, 무차별적으로 떨어지는 낙엽들과 차츰 어두워지는 날들과 푸른 밤들은 오로지 죽음을 암시한다. 내게 자식이 있었던 것도 하나의 계절이었다. 그 계절은 지나가버렸다. 그 아이가 8트랙 테이프를 따라 나지막이 노래를 부르는 소리가 들리지 않는 계절을 나는 아직 찾지 못했다.

나는 아직 그 아이가 8트랙 테이프를 따라 나지막이 노래를 부르는 소리를 듣는다.

나는 춤추고 싶어.

그와 마찬가지로 나는 아직 그 아이의 땋은 머리채에 꽂힌 스테파노티스와 면사포를 통해 드러난 플루메리아 문신을 본다.

성 요한 성당에서의 그 아이의 결혼식 날 장면 중 내가 아직 보는 것 또 하나는 그 아이가 신은 구두의 선홍색 밑창이다.

그 아이는 엷은 색 공단에 선홍색 밑창을 댄 크리스티앙 루부탱 구두를 신고 있었다.

그 아이가 제단 앞에서 무릎을 꿇었을 때 그 선홍색 밑창이 보였다.

14

그 아이가 태어나기 전, 우리는 사이공 여행을 계획하고 있었다.

우리는 잡지사들로부터 기사 청탁을 받았고 신임장도 챙겨두었으며 필요한 모든 것이 준비되어 있었다.

아기까지를, 갑작스럽지만, 포함하여.

베트남 주둔 미군의 수가 40만에 달하고 B-52 폭격기가 북부지역을 공격하기 시작한 1966년 그해는 아기를 데리고 동남아시아 여행을 떠나기에 이상적인 시기는 아니었지만, 나는 계획을 포기하는 것뿐만 아니라 수

정할 생각조차 없었다. 나는 우리에게 필요하리라고 생각되는 물건들을 사들이기까지 했다. 내가 입을 것으로는 파스텔조의 도널드 브룩스 린넨 드레스를, 아기를 위해서는 꽃무늬 포르토 양산을 각각 샀다. 마치 당장이라도 아기와 내가 팬암 비행기에 올라 르 세르클 스포르티프Le Cercle Sportif(사이공에 있던 프랑스인들의 스포츠 클럽)에 당도할 태세였다.

사이공 여행은 결국 불발로 끝났는데 당연해 보이는 그 이유 때문은 아니었다. 우리가 여행을 취소한 것은 세자르 차베스와 그가 이끌던 전국 농장노동자 협회, 그리고 델라노에서의 디지오르지오 포도농장 파업에 관해 존이 쓰기로 계약했던 책을 마무리지어야 했던 상황 때문이었다. 그리고 내가 사이공을 언급하는 것은 단지 아기를 입양하는 것은 말할 것도 없고 전반적으로 아기를 갖는다는 것이 실제로 어떤 결과를 가져오는지에 관해 내가 얼마나 잘못 알고 있었는지를 말하기 위한 방편일 따름이다.

어떻게 잘못 알지 않을 수 있었겠는가?

나는 느닷없이, 산타모니카의 성 요한 병원에서, 이 완벽한 아기를 건네받았다. 그보다 더 내가 원했던 아기는 있을 수 없었다. 우선 아기는 아름다웠다. *에르모사, 출라.* 모르는 사람들이 길에서 나를 멈춰 세우곤 했다. "지금 성 요한 병원에 아름다운 여자아기가 있습니다." 블레이크 왓슨은 말했었는데, 그건 과연 사실이었다. 사람들은 아름다운 여자아기에 대한 예우로 드레스들을 사 보냈다. 그 아이의 옷장에는 바티스트와 리버티 론 천으로 만들어진 완벽한 아기 드레스 60벌이(나는 세고 또 세기를 되풀이했다) 미니 옷걸이들에 걸려 있었다. 미니 옷걸이들도 아름다운 여자아기에게 주어진 선물이었다. 역시 아기에게 푹 빠진 웨스트 하트포드(존의 친척들)와 새크라멘토(내 친척들)의 고모나 이모, 삼촌이나 외삼촌, 사촌과 같은 친척들이 보내온 인사였다. 캘리포니아 주정부 소속 사회복지사가 입양 후보를 가정환경 안에서 관찰할 목적으로 의무방문을 하던 오후, 아기의 드레스를 네 번이나 갈아입혔던 것을 나는 기억한다.

　우리는 잔디밭에 앉았다.

입양 후보는 우리 발치에서 놀았다.

나는 사회복지사에게 최근까지 입양 후보자가 사이공 여행을 하기로 예정되어 있었다는 이야기를 하지 않았다.

그 대신 델라노의 스타라이트 모텔에서 머물러야 하는 걸로 변경된 일정에 대해서도 이야기하지 않았다.

집 청소를 하고 바티스트 드레스를 세탁했던 도우미 아실리아는 예정대로 정원에 물주는 일에 열중했다.

'예정대로'라 하는 것은 이 방문에 대비하여 내가 아실리아를 그렇게 준비시켰기 때문이다.

아실리아와 캘리포니아 주정부 소속 사회복지사의 준비되지 않은 조우에 대한 생각은 처음부터 온갖 걱정을 불러일으켜 나는 수많은 시나리오를 상상하느라 새벽 네 시에도 깨어있기 일쑤였으며 방문일자가 다가올수록 그 시나리오의 개수는 가지를 치며 늘어만 갔다. 아실리아가 스페인어밖에 하지 못한다는 것을 사회복지사가 알게 되면 어쩌지? 아실리아의 신분에 관해 사회복지사가 질문하면 어쩌지? 내가 불법 체류자에게 완벽한 아기를 맡기고 있다고 사회복지사가 추측하고 보고서에 그렇게 기재하면 어쩌지?

사회복지사는, 영어로, 화창한 날씨에 관해 이야기했다.

나는 혹 함정은 아닐까 두려워 몸이 오그라들었다.

아실리아는 미소를 짓고, 행복한 얼굴로, 계속해서 물을 주었다.

나는 긴장을 좀 풀었다.

그때였다. 아실리아는 행복한 얼굴은 간 데 없고 다만 극적인 동작으로 호스를 잔디밭에 내던지더니 퀸타나를 들어올리며 "*비보라!Vibora!*"(독사를 뜻하는 스페인어) 하고 비명을 질렀다.

사회복지사는 로스앤젤레스에 살았고, 비보라가 무슨 뜻인지 알았을 것이다. 로스앤젤레스에서 비보라는 뱀을 뜻했고 로스앤젤레스에서 뱀은 방울뱀을 뜻했다. 방울뱀은 환상일 것이라고 나는 어느 정도는 확신했지만 그래도 일단 아실리아와 퀸타나를 집 안으로 들여보낸 뒤 사회복지사에게 말했다. 그건 그냥 게임이라고,

나는 거짓말을 했다. 아실리아는 뱀을 본 척하는 것이다. 우리는 함께 웃었다. 왜냐하면 볼 수 있었으니까. 뱀은 없었으니까.

퀸타나 루의 정원에 뱀은 있을 수 없었다.

나중에야 나는 내가 그 아이를 인형처럼 길러왔다는 것을 깨달았다.

그 아이는 결코 그것을 이유로 나를 책망하지 않았을 것이다.

그 아이는 산타모니카의 성 요한 병원에서 느닷없이 아름다운 여자아기를, 바로 저 자신을, 건네받은 나로서 그것이 논리적인 반응임을 알았을 것이다. 브렌트우드에 있는 투르의 성 마틴 성당에서의 영세를 마치고 집에 돌아온 우리는 샴페인과 함께 물냉이 샌드위치를 먹었고 저녁 시간까지 남은 사람들과 프라이드치킨을 먹었다. 그해 봄 우리가 세 들어 살던 집은 허먼 맨키비츠(미국의 시나리오 작가)의 미망인 새라 맨키비츠의 것이었다. 그녀는 6개월 일정으로 여행 중이었다. 그녀는 우리가 사용하기를 원치 않은 도자기 접시들과 허먼 맨키비츠가 영화 〈시민 케인Citizen Kane〉으로 받은 아카데미 상 트로피는 치워놓았지만(친구들을 불러들일 테고 그러면 술에 취한 사람들이 그걸 만지고 놀려고 할 테니까요, 그녀는 말했있다), 센트럴 파크의 베데스다 분수 남쪽 아케이드에서 볼 수 있는 민튼 타일과 똑같은 문양의 디너용 민튼 접시들은 써도 좋다고 남겨뒀다. 영세일 전까지는 쓰지 않았었지만 그날은 그 접시들을 꺼내 프라이드치킨을 올렸다. 접시에서 닭 날개 한쪽을 집어 먹던 다이애나의 모습이 떠오른다. 치킨에 뿌린 로즈메리 조각이 완전무결하게 손질된 손톱에 유일한 티끌을 남겼다. 완벽한 아기는 두 벌의 영세용 흰색 롱드레스 중 하나를 입은 채 잠들어 있었다(그 아이가 두 벌의 영세용 흰색 롱드레스를 갖게 된 것은 두 벌의 영세용 흰색 롱드레스를 선물로 받았기 때문이다. 하나는 바티스트 천이었고 다른 하나는 린넨이었다. 역시 아름다운 여자아기에 대한 예우였다). 존의 형 닉이 사진을 찍었다. 지금 그 사진들을 보며 참석한 여자들 중 얼마나 많은 수가 샤넬 정장을 입고 데이비드 웹 팔찌를 낀 채 담배를 피우고 있는지 나는 흠칫 놀라게 된다. 이 시절은 새라 맨키비츠의 디너용 민튼 접시에 담기 위해 프라이드치킨을 만들고 사이공 여행에서 아름다운 여자아기에게 그늘을 만들어주기 위해 포르토 양산을 사는 것 사이의 어느 지점에선가 내가 '엄마노릇'의 주요 사항들을 완수했다고 실제로 믿고 있던 날들이었다.

15

내가 아실리아와 60벌의 드레스 이야기를 한 데는 이유가 있다.

내가 그 이야기를 했을 때 상당수의 독자는(어떤 분들의 생각보다는 많은 수의, 조금 덜 관대한 분들의 생각보다는 적은 수의) 이 표면적으로 대수롭지 않은 정보를(저자는 세탁후 다림질을 해야 하는 옷을 아기에게 입혔고, 이 세탁과 다림질을 해줄 도우미를 고용했다는) 퀸타나가 '평범한' 어린 시절을 보내지 않았다는, 그 아이가 '특혜'를 입은 아이였다는 증거로 해석할 수 있다는 것을 나는 모르지 않았다.

나는 이것에 관해 털어놓고 이야기하고 싶었다.

로스앤젤레스에서의 '평범한' 어린 시절은 스페인어를 하는 사람들과 연관되는 경우가 매우 흔하지만, 그걸 주장하려는 것은 아니다.

그리고 그 아이가 '평범한' 어린 시절을 보냈다고, 평범한 어린 시절이란 정확히 어떤 것인지 아직도 확신이 없지만, 주장하려는 것도 아니다.

'특혜'는 다른 이야기다.

'특혜'는 심판이다.

'특혜'는 의견이다.

'특혜'는 비난이다.

'특혜'는, 그 아이가 감내한 것을 생각할 때, 훗날 그 아이에게 닥친 일을 고려할 때, 내가 쉽사리 시인할 수 없는 영역이다.

나는 닉이 찍은 영세식 사진들을 다시 들여다본다.

나는 사실 이 사진들이 찍힌 그날 오후, 투르의 성 마틴 성당과 새라 맨키비츠의 집에서의 오후, 퀸타나가 두 벌의 영세용 드레스를 입고 나는 사이공에서 필요할 것이라는 오산으로 구입했던 파스텔조의 도널드 브룩스 린넨 드레스를 입었던 그 오후를 그 아이의 '진짜' 영세 라고 생각하지 않았다. (질문. 사이공 여행을 위해 파스텔조의 린넨 드레스를 구입하는 깃을 '특혜'의 표시라 하겠는가, 아니면 지독한 우둔함이라 하겠는가?) 그 아이의 '진짜' 영세는 우리가 산타모니카의 성 요한 병원 신생아실에서 그 아이를 데려오고 며칠이 지나, 포추기스 벤드의 우리 집 싱크대에서 했었다. 존은 그 아이에게 직접 영세를 내려준 뒤에야 내게 그것에 관해 말해주었다.

그 문제와 관련하여 일종의 방어적 태도가 있었던 것이 기억난다. 그가 그것에 관해 내게 한 말은 "아기에게 영세를 주면 어떨까 생각했어. 당신 생각은 어때?" 종류의 것이 아니었다.

그가 그것에 관해 내게 한 말은 "좀 전에 아기에게 영세를 줬어. 싫든 좋든 상관없어" 종류에 보다 가까웠다.

그는 내가 예약한 투르의 성 마틴 성당에서의 영세 일정이 두 달이나 남았던 것이 걱정되었던 모양이었다.

아직 영세를 받지 못한 아기가 림보에 처하는 위험을

감수할 수 없었던 것이다.

나는 그가 왜 내게 미리 말하지 않았는지 알았다.

그는 가톨릭 신자가 아닌 내가 반대할까봐 미리 말하지 않았다.

하지만 우리 두 사람 중 그날 싱크대에서의 그 사건을 '진짜' 영세로 생각하는 사람은 나였다.

다른 영세는, 사진으로 남은 그 영세는, '과시용' 영세였다.

사진들 속에서 몇몇 얼굴들이 눈에 띈다.

코니 월드는 앞서 말했던 샤넬 정장을 입은 여자들 중 하나로 그녀는 진분홍 실크에 파란색과 크림색 트위드로 안감을 댄 샤넬 정장 차림이었다. 퀸타나가 그날 성당에서 그리고 오후에 입었던 두 벌의 영세용 흰색 롱드레스 중 하나를 선물한 이가 코니였다. 코니는 구십대가 되어 신경장애를 입기 전까지 평생 하루도 빼먹지 않고 수영을 했다. 그녀는 차츰 수영 거리를 단축했으며 구형 롤스로이스를 몰고 베벌리 힐스 주변을 도는 일은 그만두었으나 다른 모든 것은 전과 똑같이 계속했다. 그녀는 여전히 1940년대에 클레어 맥카델 모델로 활동할 때 받았던 드레스들을 입었다. 그녀는 여전히 매주 두세 번씩 디너파티를 열어 손수 요리한 음식을 내고 노소를 적절히 배합하여 참석자 모두를 즐겁게 했으며 서재 벽 난로에 큰 불을 지피고 테이블에는 소금을 뿌린 아몬드와 여전히 자신이 직접 가꾼 한련旱蓮과 장미들이 꽂힌 둥근 화병을 올려두었다. 코니는 영화 제작자이자, 버드 슐버그의 소설《새미를 달리게 하는 것What Makes Sammy Run》의 주인공 새미 글릭의 모델이라고 알려졌으며 내가 그녀를 만나기 몇 년 전에 죽은 제리 월드의 부인이었다. 그녀는 내게 전 남편과 이혼하고 제리 월드와 결혼하기 위해 네바다에 거주해야 했던 6주에 대해 이야기해 준 일이 있었다. 그녀는 그 6주를 라스베가스에서 보내지 않았는데, 이유는 우리가 훗날 친숙해질 라스베가스는 아직 존재하지 않았기 때문이었다. 그녀는 그 6주를 라스베가스에서 20마일 떨어진, 국토 개간국이 후버 댐 건설 본거지로 건설했으며 도박과 노동조합 가입이 법률로 금지되어 있던 볼더 시티에서 보냈다. 나는 그녀에게 볼더 시티에서의 6주 동안 어떤 소일거리를 찾았는지 물었다. 그녀는 제리가 자신에게 개를 한 마리 주었다고, 그래서 매일같이 정부 방갈로들이 늘어선 판에 박은 듯 똑같은 거리들을 지나 댐 너머까지 그 개와 산책을 했다고 대답했다. 그녀의 이야기가 내가 그때까지 들어온 모든 라스베가스 체류기 중 가장 대담한 것이라는 인상을 받았던 것이 기억난다. 그렇잖아도 원체 대담한 이야기가 많을 화제지만 말이다.

다이애나.

다이애나 린, 다이애나 홀.

그녀 또한 그날 찍은 사진들 속에서 눈에 띄는 얼굴들 중 하나다.

이 사진 속에서 그녀는 샴페인 잔을 들고 담배를 피우고 있다. 그녀의 모습을 바라보며 나는 그 날이 있게 해준 사람이 바로 다이애나였다는 사실을 떠올렸다. 새해 연휴 모티의 보트에서 입양의 화제로 나를 끌어들인 사람이 다이애나였다. 블레이크 왓슨을 알았던 사람이 다이애나였고, 내가 퀸타나를 얼마나 절실히 필요로 하고 있는지를 직관으로 깨닫게 해준 사람이 다이애나였다. 내 인생을 바꿔놓은 사람이 다이애나였다.

16

자식에 대한 절대적인 필요를 느끼는 사람들도 있고 그렇지 않은 사람들도 있다. 내게는 그 느낌이 아주 느닷없이, 20대 중반 〈보그〉에서 일하던 시절에, 거대한 해일처럼 덮쳐왔다. 이 해일에 한번 파묻히자 어딜 가거나 아기들만 눈에 들어왔다. 나는 아기 유모차들을 쫓아다녔다. 나는 잡지에서 아기 사진들을 오려내어 침대 옆 벽에 붙였다. 나는 아기들을 생각하며 잠이 들었다. 나는 내 품에 안긴 아기들을 상상했고, 그들 머리의 솜털을 상상했고, 관자놀이 부분의 부드러운 지점을 상상했고, 우리가 아기들을 바라볼 때 그들의 눈이 커지는 모양을 상상했다.

그 전까지는 임신은 두려움이자, 어떻게든 피해야 할 사고일 뿐이었다.

그 전까지는 매달 생리가 시작되는 순간이면 안도감을 느낄 뿐이었다. 그 순간이 하루만 늦어져도 나는 〈보그〉 사무실을 나와, 임신이 아니라는 즉각적인 확인을 찾아, 장모가 〈보그〉 편집장이었으며 장모의 안달하는 부하직원들에게 언제나 진료실을 개방했기 때문에 일명 '보그 닥터'로 알려져 있던 컬럼비아 프레스비테리언 병원의 내과의를 만나러 갔다. 이스트 57번 스트리트에 있는 그의 진료실에서 내가 해달라고 간청한 임신 테스트의 결과를 기다리고 있었던 어느 아침이 떠오른다. 그는 휘파람을 불며 진료실로 들어와 분무기를 들고 창가의 화분들에 물을 뿌리기 시작했다.

저, 테스트는요? 내가 재촉했다.

그는 계속해서 화분들에 물을 뿌렸다.

캘리포니아에서 크리스마스를 보내러 떠나야 해서

결과를 꼭 알아야만 해요, 내가 말했다. 핸드백에 항공권이 있었다. 나는 핸드백을 열었다. 그리고 그에게 보여주었다.

"캘리포니아 항공권은 필요 없을지 모르겠네요." 그가 말했다. "어쩌면 아바나 항공권이 필요하지 않을지."

나는 이것이 나를 안심시키려는 의도로 한 말임을, 낙태가 필요할지 모르고 그렇다면 낙태를 할 수 있도록 도와줄 수 있다는 말을 기괴하게 돌려 말한 것임을 정확히 이해했지만, 그럼에도 내 즉각적인 반응은 그 제안을 맹렬히 거절하는 것이었다. 말도 안돼요. 가능한 일이 아니에요. 논의할 가치도 없어요.

나는 아바나에 갈 수는 없었다.

아바나에는 혁명이 진행되고 있었다.

사실 그랬다. 1958년 12월, 피델 카스트로는 수일 내로 아바나에 입성할 것이었다. 나는 그 말을 했다.

"아바나에는 언제나 혁명이 진행 중이죠." 보그 닥터가 말했다.

그 다음 날, 생리가 시작됐고, 나는 밤새도록 울었다.

나는 아바나에서 가질 수도 있었을 그 흥미로운 순간을 상실하여 섭섭한 줄로 알았으나 알고 보니 이미 내게는 해일이 덮쳤던 것으로서 나는 다름 아니라 아기가 없는 것이, 장차 산타모니카의 성 요한 병원에서 데려올 그 아기를 아직 만나지 못한 것이 서러운 것이었다. *만약 엄마 아빠가 집에 없었다면? 만약 병원에서 왔슨 의사 선생님을 만날 수 없었다면? 만약 고속도로에서 사고가 났다면? 그랬다면 나는 어떻게 되었을까?* 얼마 전, 그 아이가 그저 우리에게 보여주려고 썼던 장편소설을 읽을 때, 자신이 임신했을지 모른다고 생각하는 주인공이 소아과 의사와 상담함으로써 상황에 대처키로 선택하는 장면을 읽을 때, 나는 이스트 57번 스트리트의 그 아침을 기억했다. *이제, 그들은 더이상 신경조차 쓰지 않았다.*

17

그 아이와 함께한 첫 몇 해 동안 내가 매우 선명하게 기억하는 순간들이 몇 개 있다.

이 매우 선명한 순간들은 도드라지고, 되풀이되고, 내게 직접 말을 걸어오며, 어떤 차원에서는 기쁨으로 나를 휘감고 다른 차원에서는 아직도 내 가슴을 찢는다.

한 예로 나는 그 아이가 생애 최초로 처리했던 업무는 스스로 '잡화'라고 불렀던 것과 관련이 있었음을 매우 선명하게 기억한다. '소유물'의 동의어로 사용되었으며 자신이 이미 가보았던 수많은 호텔들의 구내 '잡화

점'에서 끌어온 것으로 보이는 이 단어에 그 아이는 상당한 의미를 부여했다. 유치와 세련의 어쩔어쩔한 교차 그 자체였다. 어느 날 그 아이는 내게 매직 마커를 달라고 했다. 그러더니 빈 상자 하나 안에 '서랍들,' 그러니까 각 '잡화'들의 특별한 공간을 표기하는 것이었다. 그 아이가 지정한 '서랍들'은 '현금' '여권' '내 은퇴연금구좌' '보석' 그리고 마지막으로(차마 말하기가 어렵다) '작은 장난감들'이었다.

똑같이, 조심스런 필체.

그 필체 자체만도 나는 잊을 수가 없다.

그 필체 자체만도 내 가슴을 찢는다.

또 하나의 순간도, 생각해보면, 비슷한 데가 있다. 웨스트 하트포드에 있는 아이 할머니 집에서의 크리스마스 날 밤, 나는 존과 내가 영화를 보고 돌아와 보니 그 아이가 2층으로 향하는 층계에 혼자 웅크리고 앉아 있었던 것을 매우 선명하게 기억한다. 크리스마스 장식등은 다 꺼져 있었고, 아이 할머니는 잠들어 있었고, 집안의 모든 사람들이 잠들어 있는 가운데, 그 아이 혼자 참을성 있게 우리가 귀가하여 그녀의 표현에 따르면 '새로운 문제'를 해결해주기를 기다리고 있었던 것이다. 우리는 그 새로운 문제가 무엇인지 물었다. "내가 암에 걸렸다는 걸 방금 깨달았어." 그 아이는 이렇게 말하고 머리카락을 쓸어올려 자신이 두피의 종양으로 이해한 것을 보여주었다. 사실 그것은 수두였다. 말리부의 유치원을 떠나기 전 걸렸던 것이 그제야 올라오고 있었던 것 같았다. 하지만 그게 암이었다면 그 아이는 이미 암에 정신적인 준비가 되어 있었다.

질문이 떠오른다.

그 아이는 '새로운 문제'에서 '새로운'을 강조했던 것일까?

그 아이는 그 순간에는 그걸 자세히 설명함으로써 우리에게 부담을 주지 않기로 결정한 '오래된' 문제들도 있음을 시사했던 것일까?

세 번째 사례. 나는 그 해변의 집에서 그 아이가 자신의 방 서가에 만든 인형의 집을 매우 선명하게 기억한다. 그 아이는 〈하우스 앤드 가든House & Garden〉 과월호에 소개된 모델하우스를 연구한 뒤 며칠에 걸쳐 작업한 끝에(〈하우스 앤드 가든〉 제목을 본떠 '머릿 헤밍웨이의 인형의 집'이라 불렀다) 완성된 작품을 발표했다. 이게 거실이야. 아이가 설명했다. 그리고 이게 다이닝 룸이고, 이게 부엌이고, 여기는 침실이야.

나는 장식이 되지 않은, 아직 할당되지 않은 듯 보이는 공간은 무엇인지 물었다.

그건 영사실이 될 거야, 아이가 대답했다.

영사실.

나는 이것에 적응하려 애썼다.

로스앤젤레스에서 우리가 아는 사람들 가운데는 실제로 영사실을 갖춘 집에 사는 사람들이 있었지만, 내가 아는 한 그 아이는 그들을 본 적이 없었다. 영사실을 갖춘 집에 살던 그 사람들은 우리의 '직업' 생활에 속해 있었다. 그 아이는 우리의 '사적' 생활에 속해 있다고, 나는 생각했었다. 우리의 '사적' 생활은 분리되어 있고 달콤하고 침해될 수 없는 것이라고, 나는 또한 생각했었다.

나는 이 분류를 잠시 제쳐놓고 영사실을 어떻게 꾸밀

계획이냐고 물어보았다.

그 아이는 영사기사에게는 전화기를 놓을 탁자가 필요할 것이라고 말하고는 잠시 멈추어 서가의 빈 공간을 살펴보았다.

"그리고 뭐가 됐든 돌비 사운드를 위해 필요한 것들도." 그 아이가 덧붙였다.

이 매우 선명한 기억들을 묘사하면서 나는 그것들이 갖는 공통점에 새삼 놀라게 된다. 모두 다 성인으로서의 삶을 살아가고자 하는, 아직 어린 아이일 권리가 있는 나이임에도 믿음직스러운 어른이 되고자 하는 그 아이의 모습을 담고 있다는 사실이다. 그 아이는 '내 은퇴연금구좌'를 이야기할 수 있었고 그 아이는 '돌비 사운드'를 이야기할 수 있었고 그 아이는 자신이 암에 걸렸다는 것을 '방금 깨달았음'을 이야기할 수 있었다. 그 아이는 자신이 미치면 어떻게 해야 하는지 알아보러 카마리요에 전화를 할 수 있었고 스타가 되려면 어떻게 해야 하는지 알아보러 20세기 폭스 사에 전화를 할 수 있었지만, 원하는 답을 얻는다 해도 정작 그것을 실행할 준비는 되어있지 않았다. '작은 장난감들'이 아직도 동등한 중요도를 차지하고 있었다. 그 아이는 아직도 소아과 의사와 상담할 수 있었다.

연대기적 구조의 어디쯤에 자신이 위치하고 있는지에 대한 이와 같은 혼란은 우리가 초래했던 것일까?

우리는 그 아이가 성인이기를 요구했던 것일까?

우리는 그 아이가 그럴 능력을 갖추기도 전에 책임을 감당하기를 요청했던 것일까?

우리의 기대들이 그 아이가 어린 아이로서 대응하지 못하게 방해했던 것일까?

그 아이가 넷 또는 다섯 살일 때 해안선을 따라 옥스나드로 데려가 〈니콜라스와 알렉산드라Nicholas and Alexandra〉를 보여주었던 기억이 난다. 집으로 돌아오는 차 속에서 그 아이는 황제와 황후를 '니키와 써니'라고 불렀고, 영화가 재미있었냐고 물으니 "대 히트작이 될 것 같아"라고 말했다.

다시 말해서, 내가 보기엔, 부모와 아이들이 상상할 수 없는, 더구나 그 원인이 바로 이 특정한 부모에게서 태어났다는 불운 그 자체라는 점에서 아이들로서는 더욱 상상할 수 없는 위험에 처한다는, 비참하기 그지없는 이야기를 방금 접한 어린아이가 아무런 주저 없이 관객 동원력에 대한 즉각적 평가라는 이 지역 특유의 응답 방법을 사용했던 것이다. 비슷한 예가 하나 더 있다. 몇 년 후엔가 역시 옥스나드에서 나와 함께 〈죠스Jaws〉를 겁에 질린 채로 보았던 그 아이는 말리부에 돌아오자마자 내가 차에서 짐을 내리고 있는 동안 해변으로 달려가 파도에 몸을 던졌다. 내가 진짜로 여긴 위협들에 대하여 그 아이는 여전히 두려움이 없었다. 여덟 또는 아홉 살의 그 아이가 로스앤젤레스 카운티 인명 구조대가 운영한 청소년 인명 구조대에 가입하여 걸핏하면 구명보트를 타고 주마 비치 경계를 넘어갔다가 헤엄쳐 돌아오곤 하던 어느 날이었다. 우리가 아이를 데리러 가보니 해변이 텅 비어 있었다. 한참을 찾다 간신히 모래 언덕 뒤에서 타월을 두르고 혼자 웅크리고 앉아있는 아이를 발견했다. 인명 구조대가 모두를 집에 데려다 주겠다고 "절대적으로 아무런 이유 없이" 주장했던 모양이었다. 나는 그럴 만한 이유가 있었을 것이라고 말했다. "상어뿐이지." 그 아이가 말했다. 나는 아이를 바라보았다. 그날 아침 일어난 일에 분명히 실망했고 혐오감까지 느꼈으며 짜증이 나 있음이 틀림없었다. 이윽고 아이가 어깨를 으쓱해 보였다. 그리고 "그냥 우울했을 뿐이야"라고 말했다.

'잡화'를 생각하면 나는 그 아이가 다섯인가 여섯 아니면 일곱 살이 되기 전에 묵었던 호텔들을 떠올리게 된다. '떠올리게 된다'고 말한 이유는 그 호텔들에서의 그 아이의 이미지들에 애매한 측면이 있어서다. 한편으로 그 이미지들은 그 아이라는 역설(아이로 보이지 않기 위해, 믿음직스러운 성인의 얼굴을 보여주기 위해 동원해야 했던 부단한 노력)에 대한 가장 진정한 기억으로 살아남아 있다. 다른 한편으로 그것은 그 아이를 '특혜'받은, '정상적인' 어린 시절을 박탈당한 아이로 보이게 할 수 있는 그런 이미지들(동일한 이미지들임에도)이기도 하다.

표면적으로 그 아이는 이 호텔들에 있어야 할 이유가

없었다.

파리의 랭캐스터와 리츠와 플라자 아테네.

런던의 도체스터.

뉴욕의 세인트 리지스와 리전시, 그리고 또한 첼시. 첼시는 우리가 경비 지원이 없이 뉴욕 여행을 할 때 묵었던 호텔이다. 첼시에서 우리는 그 아이를 위한 유아용 침대를 받았고, 존은 길 건너 화이트 타워 햄버거 식당에서 아침식사를 사다가 그 아이에게 주곤 했다.

샌프란시스코의 페어몬트와 마크 홉킨스.

호놀룰루의 카할라와 로열 하와이언. "아침이 어디로 가버렸었어?" 그 아이는 로열 하와이언에서 잠이 깨어, 아직 몸이 대륙의 시간에서 빠져나오지 못한 상태에서, 어둑해진 수평선을 바라보며 이렇게 이상한 문장으로 묻곤 했다. "다섯 살짜리가 모래톱을 향해 걷는 걸 상상해봐." 그 아이는 로열 하와이언에서 우리가 양 옆에서 제 손을 잡고 얕은 바닷물 속으로 흔들거려주면 거의 까무러칠 지경이 되어 이렇게 말하곤 했다.

시카고의 앰배서더와 드레이크.

그 아이가 처음으로 캐비어를 먹었던 곳이 한밤의 앰배서더 호텔 펌프 룸 식당이었다. 이후 그 아이가 끼니마다 캐비어를 원하면서 '경비 지원이 없이'와 '경비 지원을 받아'의 차이를 완전히 이해하지 못했으니 그것은 절반의 성공쯤이었을 것이다. 그 아이가 한밤중에 펌프 룸에 있었던 이유는 우리가 그날 저녁 〈스타 탄생A Star Is Born〉 작업을 앞두고 연구차 취재하던 밴드 시카고의 시카고 스타디움 공연에 아이를 데려갔었기 때문이다. 공연 내내 아이는 무대의 앰프 위에 앉아 있었다. 시카고는 "지금 몇 시인지 정말로 아는 사람 있어?Does Anybody Really Know What Time It Is?"와 "4시 25분 아니면 26분 전25 or 6 to 4"을 불렀다. 그 아이는 시카고를 '남자애들'이라고 불렀다.

우리가 남자애들과 함께 시카고 스타디움을 떠날 때 청중들은 우리 차를 둘러싸며 환호했고 그 아이는 그것에 무척이나 신나했다.

호텔에 돌아온 그 아이는 자신은 다음 날 웨스트 하트포드의 할머니 집에 가고 싶지 않으며 그 대신 남자애들이랑 디트로이트에 가고 싶다고 내게 말했다.

'사적' 생활과 '직업' 생활의 분리는 이처럼 여의치가 않았다.

사실 그 아이는 우리의 직업 생활과 분리될 수 없었다. 우리의 직업 생활은 그 아이가 이 호텔들에 있어야 했던 바로 그 이유였다. 한 예로 그 아이가 다섯 또는 여섯 살이었을 때 우리는 〈로이 빈 판사의 삶과 시대The Life and Times of Judge Roy Bean〉 촬영이 진행 중이던 투손에 아이를 데려갔다. 촬영 본거지인 힐튼 인은 우리가 편집용 프린트를 보는 동안 아이를 봐줄 보모를 보내 주었다. 보모는 그 아이에게 폴 뉴먼의 사인을 받아달라고 부탁했다. 다리를 저는 아들 이야기를 했다고 들었다. 퀸타나는 사인을 받아 보모에게 전달한 다음 울음을 터뜨렸다. 보모의 다리를 저는 아들 때문에 우는 것인지 아니면 보모의 조종을 받았다는 생각에 우는 것인지 확실치가 않았다. 딕 무어가 〈로이 빈 판사의 삶과 시대〉의 촬영기사를 맡고 있었는데, 그 아이는 이 투손의 힐튼 인에서 만난 딕 무어와 우리 해변에서 만났던 딕 무어를 전혀 연결시키지 못하는 것 같았다. 우리 해변에서는 모두가 집에 있었고, 그 아이 또한 그랬다. 하지만 투손의 힐튼 인에서는 모두가 일을 하고 있었고, 그 아이 또한 그랬다. '일'이란 그 아이가 핵심까지 꿰뚫어 이해한 존재의 방식이었다. 그 아이가 아홉 살일 때 나는 뉴욕, 보스턴, 워싱턴, 댈러스, 휴스턴, 로스앤젤레스, 샌프란시스코, 시카고 이렇게 여덟 개 도시를 순회하는 도서 홍보 여행에 아이를 데려갔다. 워싱턴에서 캐서린 그레이엄은 그 아이에게 "우리 유적지들이 마음에 드니?" 하고 물었다. 그 아이는 조금 어리둥절한 듯했지만 물러서지 않았다. "유적지들이라뇨?" 워싱턴에 들르는 대부분의 아이들은 NPR 방송국과 워싱턴 포스트 신문사보다는 링컨 기념관을 구경한다는 사실을 까맣게 모른 채, 아이는 되물었다. 이 순회 여행에서 그 아이가 가장 좋아한 도시는 댈러스였고 가장 싫어한 도시는 보스턴이었다. 보스턴은 "온통 흰색"이라고, 아이는 불평했다.

"보스턴에는 흑인들이 별로 없더라는 말이니?" 퀸타나가 말리부에 돌아와 여행에 관해 이야기하자 수전 트레일러의 어머니가 물었다.

"아니요." 퀸타나는 단호하게 말했다. "컬러 도시가 아니라는 말이에요."

그 아이는 이 여행에서 트리플 램찹(양고기 요리의 일종)을 룸서비스로 주문하는 법을 배웠다.

그 아이는 이 여행에서 셜리 템플(알코올이 들어가지 않은 칵테일의 일종)을 주문하고 방 번호를 기재하는 법을 배웠다.

그 아이는 이 여행에서 자동차나 인터뷰 기자가 예정된 시각에 나타나지 않으면 어떻게 해야 하는지를 배웠다. 스케줄을 점검하고 사이먼 앤드 슈스터 출판사의 홍보국장인 "웬디에게 전화하는 것"이었다. 그 아이는 각 서점이 어느 베스트셀러 집계에 판매량을 제공하고 그들의 주요 고객은 누구인지 알았고, 그린 룸(휴게실 또는 분장실)이 무엇인지 알았으며, 에이전트가 어떤 일을 하는 사람인지 알았다. 그 아이는 자신이 네 살도 안 되었을 시절 가사 도우미 일정이 어긋난 어느 날 내가 베벌리 힐스의 윌리엄 모리스 사 사무실에서 열린 회의에 아이를 데려간 일이 있기 때문에 에이전트가 어떤 일을 하는 사람인지 알았다. 나는 아이에게 준비를 시켰다. 회의는 룸서비스로 램찹을 주문하는 데 필요한 돈을 벌기 위한 것이라고 설명했고, 회의를 방해하거나 언제 집에 갈 거냐고 묻지 않아야 한다고 강조했다. 이 준비는 전혀 불필요한 것으로 판명되었다. 그 아이는 방해할 엄두가 안 날 만큼 완전히 몰입하고 있었다. 그 아이는 누군가가 무거운 바카라 잔에 담아 주는 물을 떨어뜨리지 않고 받았고 주의를 기울여 들었으며 일체 입을 열지 않았다. 그 아이는 회의가 끝날 무렵에야 윌리엄 모리스사 에이전트에게 아마도 무척 궁금했던 모양인 질문을 던졌다. "그런데 우리 엄마에게 돈은 언제 줄 거예요?"

우리가 그 아이의 혼란을 발견했을 때 우리는 우리 자신의 혼란을 고려했던가?

나는 아직도 그 아이가 표기한 그대로 표기되어 있는 그 '잡화'상자를 벽장에 보관하고 있다.

18

　부모로서 성공했다고 생각하는 이들을 나는 많이 알지 못한다. 성공을 자처하는 이들은 이를테면 스탠포드 학위나 하버드 MBA, 또는 최상류 법률회사에서의 여름 인턴십 등, 세상에서의 (자신들의) 위상을 말해주는 기준을 근거로 드는 경향이 있다. 부모 자질과 관련하여 자화자찬 경향이 적은 보통사람들은, 다시 말해서 우리들 대부분은, 우리의 실패, 우리의 태만, 우리의 직무유기와 과실을 주저리주저리 고백한다. 부모로서의 성공의 정의 자체가 눈에 띄게 변했다. 예전에는 아이가 독립적인(즉, 성인으로서의) 삶을 향하여 성장하도록 격려하는, 아이를 '양육'하는, 아이를 떠나보내는 능력을 성공으로 정의했었다. 아이가 동네의 가장 가파른 언덕에서 자전거를 타고 싶어 한다면, 동네의 가장 가파른 그 언덕은 곧바로 사거리로 연결된다는 형식상의 주의는 줄 수 있었으되 독립성이 최고의 자질로 간주되었기 때문에 그런 주의는 잔소리에 가깝게 여겨졌었다. 아이가 나쁜 결과를 낳을 행위에 몰입한다면 그 부정적인 가능성을 한 번은 언급했을지 모르나 두 번은 아니었다.

나는 제2차 세계대전 중에 어린 시절을 보냈다. 그것은 독립성에 대한 강조가 더욱 철저했던 시절에 내가 성장했음을 뜻한다. 내 아버지는 미 육군 항공대의 재무담당 장교였으므로 전쟁 초기에 어머니와 오빠와 나는 아버지를 따라 타코마의 포트 루이스에서 더럼의 듀크 대학으로 그리고 콜로라도 스프링스의 피터슨 필드로 옮겨 다녀야 했다. 이런 생활은 고난까지는 아니었지만, 1942년에서 1943년 무렵 군부대 주변의 삶을 특징짓는 인구 과밀과 이향離鄕을 고려할 때 안락한 어린 시절이라고 보기도 어려웠다. 타코마에서 우리는 운이 좋아 영빈관이라 불리던 집에 세 들어 살 수 있었는데, 그건 사실은 자체 출입문이 달린 하나의 커다란 방일 뿐이었다. 더럼에서도 우리는 하나의 방에 살았으나, 이것은 크지도 자체 출입문이 달리지도 않았으며, 그저 침례교 목사 가족이 살던 집의 쪽방이었다. 더럼의 이 방은 '부엌 이용권'과 함께 제공되었는데, 그것은 그 집의 사과 페이스트를 가끔 사용할 수 있는 정도의 특혜에 불과했다. 콜로라도 스프링스에서 우리는 처음으로 진짜 집, 정신병동 옆의 방 네 개 짜리 방갈로에서 살게 됐지만, 짐은 풀지 않았다. 언제 '명령'(내가 의심 없이 받아들였던 신비로운 관념)이 떨어질지 모르는 상황에 짐은 뭣하러 푸느냐고, 어머니가 말했다.

오빠와 나는 이 모든 장소들에 적응하고, 버티고, 삶을 창조하는 동시에 우리가 창조한 삶이 '명령' 하달과 함께 즉석에서 사라진다면 그것을 또 받아들여야만 했다. 누가 그 명령을 하달하는지는 언제나 불확실했다. 아버지가 타코마나 더럼에서보다 오래 주둔한 콜로라도 스프링스에서 오빠는 동네를 돌아다니며 친구를 사귀었다. 나는 정신병동 주변을 오가며 엿들은 대화를 기록하고 '이야기들'을 썼다. 그 당시에 나는 이것을 새크라멘토에 정착해 학교에 다니는 것의 불합리한 대안으로 생각하지 않았다(나중에야 만약 새크라멘토에 정착해 학교에 다녔다면 아직도 정복하지 못한 뺄셈쯤은 다 뗐을 것이라는 생각이 들긴 했다). 설령 그렇게 생각했다고 해도 달라질 것은 없었다. 전쟁이 진행 중이었다. 전쟁은 아이들의 소망 따위는 완전히 무시했으며 어떤 식으로도 개의치 않았다. 이 불쾌한 사실을 관용하는 대가로 아이들은 스스로의 삶을 창조하도록 허락받았다. 아이들을 멋대로 내버려둬도 괜찮다는(아니, 멋대로 내버려두는 게 상책이라는) 관념이 통하던 시절이었다.

전쟁이 끝나 다시 새크라멘토 집에 살게 된 이후에도 이 방임 정책은 계속되었다. 나는 열다섯 살 반에 연습용 운전면허 허가증을 받고 그것을 저녁 식사 후 새크라멘토에서 레이크 타호까지 운전하라는 논리적 명령으로 해석했던 것을 기억한다. 두세 시간 동안 지그재그 고속도로를 타고 산길을 거쳐 차를 몬 다음 방향을 돌려 두세 시간 더 차를 몰아 돌아왔던 것이다(마시고 싶은 것은 다 차 안에 있었다). 이 시에라네바다 심연으로의 실종과 아울러 야간 음주운전 적발에 대해서도 어머니와 아버지는 아무 말이 없었다. 나는 같은 나이에 새크라멘토 북쪽 아메리칸 리버에서 뗏목타기를 하던 중 우회제방으로 휩쓸려 들어갔다가 뗏목을 상류까지 끌어올려 다시 시작했던 것을 기억한다. 이것에 대해서도 어머니와 아버지는 아무 말이 없었다.

모두 지나갔다.

이제 사실상 상상조차 할 수 없는 일들이다. 그 같은 의심스러운 유흥을 관용하는 것은 이제 '부모노릇' 목록에 올라올 수 없다.

이런 종류의 양성 방치의 수혜자였던 우리 자신은 이제 오히려 아이들을 어느 정도까지 감시하고 옭아매고 묶어둘 수 있는가를 성공의 척도로 삼는다. 주디스 샤피로는 바너드 칼리지 총장 시절에 〈뉴욕 타임스〉에 기고한 칼럼에서 부모들에게 아이에 대한 신뢰를 좀 더 보여주라고, 아이의 대학 생활의 모든 영역을 통제하려 하지 말라고 충고해야만 했다. 그녀는 딸의 대학 지원 준비를 감독하기 위해 1년 동안 휴직한 아버지를 언급했다. 그녀는 연구 프로젝트에 관해 학장과 회의하는 딸을 따라온 어머니를 언급했다. 그녀는 수업료를 지불하는 사람은 자신이라는 이유로 딸의 성적증명서를 자신에게 직접 우송하라고 요구한 어머니를 언급했다.

"1년에 3만 5천 달러를 쓰는데 서비스를 원하는 건 당연하죠." 보스턴의 노스이스턴 대학교의 '학부모 사무실'(사실상 대학 행정의 모든 요소에 개입하게 된 학부모들을 돌보는 사무실이다)의 소장이 〈뉴욕 타임스〉의 타마 르윈에게 한 말이다. 몇 년 전 대학의 세대차이 감소 현상에 관한 〈뉴욕 타임스〉 기사를 위해 르윈은 학부모들을 돌보는 사람들뿐 아니라 학생들 본인과도 이야기를 나눴다. 그들 가운데 조지 워싱턴 대학교에 다니는 한 학생은 가족들과의 통화에만 휴대전화로 매달 3천 분을 쓴다고 시인했다. 그 학생은 가족을 학술 자원으로 간주하는 것처럼 보였다. "아버지한테 전화를 걸어 '쿠르드 족의 현

상황은 어때요?' 하고 질문하는 거예요. 찾아보는 것보다 훨씬 쉬워요. 아버지는 아는 게 많아요. 아버지가 하는 말이라면 거의 무엇이든 믿을 수 있어요." 부모와 너무 친밀한 게 아닌가 생각한 적이 있느냐는 질문에 조지 워싱턴 대학교의 또 다른 학생은 어리둥절해할 뿐이었다. "제 부모님인 걸요." 그녀는 말했다. "부모는 자식을 도와주게 되어 있잖아요. 사실 그거야말로 그들의 직무라고 할 수 있지 않나요?"

우리는 점점 아이의 삶에 대한 이처럼 증대된 개입을 그들의 생존에 필수적인 것으로 합리화한다. 우리는 아이의 전화번호를 단축 다이얼에 넣어둔다. 우리는 스카이프로 그들을 본다. 우리는 그들의 움직임을 추적한다. 우리는 아이가 우리 전화에 모두 응답하기를, 변경된 계획에 관해 빠짐없이 보고하기를 기대한다. 우리는 그들의 감독되지 않은 모든 만남에는 전례가 없는 새로운 위험이 도사리고 있다고 상상한다. 우리는 테러리즘을 언급하고, 불안한 경고를 공유한다. "이제 다르잖아요." "세상이 예전과는 달라졌어요." "우리가 하던 대로 하게

놔둬서는 안돼요."

하지만 아이들에게는 언제나 위험이 있어왔다.

당시 제2차 세계대전에 대한 보상으로 인식되었던, 이른바 목가적인 10년이라는 기간 동안 아이였던 누구에게나 물어보라. 새 자동차들. 최신 가전제품들. 아보카도나 황금색이나 겨자색이나 갈색이나 진한 오렌지색 등 전후의 호황을 대변하는 색조로 에나멜 칠이 된 오븐에서 쿠키 판을 꺼내는, 끈 없는 하이힐과 주름 장식이 들어간 에이프런 차림의 여자들. 그야말로 그보다 더 안전할 수는 없었는데, 문제는 사실 그렇지 않았다는 것이다. 이 전후의 호황이라는 환상의 기간에 히로시마와 나가사키의 사진들을 접한 어느 아이에게나 물어보라. 죽음의 수용소의 사진들을 본 어느 아이에게나 물어보라.

"난 이것에 대해 알 필요가 있어."

말리부 집에서 이불 밑에 숨어 플래시를 켜고, 경악에 빠져, 믿을 수 없어하며, 어디선가 발견한 오래된 〈라이프〉지의 사진들을 들여다보던 퀸타나는 내게 이렇게 말했다.

말리부 집 그 아이의 방 창문에는 파란색과 흰색 체크무늬의 깅엄 천 커튼이 드리워져 있었다.

그 아이는 내게 마가렛 버크 화이트가 〈라이프〉지에 게재한 부켄발트 수용소의 화덕 사진들을 보여주었다.

그것이 그 아이가 알 필요가 있던 것이었다.

또는 1946년 1월 7일 시카고의 자기 방 침대에서 유괴된 후 싱크대에서 해부되어 토막 시체로 시카고 최북단의 어느 하수구에서 발견된 여섯 살 소녀 수잰 데그넌의 운명을 두려워한 나머지 그해 대부분을 잠들 수 없었던 아이에게 물어보라. 수잰 데그넌이 실종되고 7개월 후에 열일곱 살의 시카고 대학교 2학년생 윌리엄 헤어렌스가 체포되어 종신형을 받았다.

또는 그로부터 9년 후 버클리 고등학교에서 수업을 마치고 즐겨 이용하던 지름길인 클레어몬트 호텔 주차장을 거쳐 귀가하다 버클리에서 수백 마일 떨어진 지점에서 마지막으로 목격된 후 결국 캘리포니아의 최북단 산중의 얕은 무덤에 묻혀 발견된 열네 살 소녀 스테파니 브라이언의 수색작업에 참여한 아이에게 물어보라. 스테파니 브라이언이 실종되고 5개월 후에 스물일곱 살의 캘리포니아 대학교 회계학부생이 체포되고 살인혐의로 기소되어 2년 안에 유죄판결을 받아 샌 쿠엔틴의 가스실에서 처형되었다.

수잰 데그넌과 스테파니 브라이언의 실종과 사망에 관련한 사건들은 공격적인 허스트 신문들의 배포 지역 내에서 일어났기 때문에 연일 대대적이고 선정적으로 보도되었다. 보도가 제시한 교훈은 간단명료했다. 어린 시절이란 정의상 위험으로 가득하다는 것이었다. 아이라는 것은 작고 약하고 미숙하며 먹이사슬의 최하위에 위치한다는 것이었다. 모든 아이는 이걸 알고 있으며, 또는 알고 있었다.

이걸 알기 때문에 아이들은 카마리요에 전화를 한다.

이걸 알기 때문에 아이들은 20세기 폭스 사에 전화를 한다.

"내가 조숙한 여덟 살 아이일 때 발생했으며 종결될 때까지 내가 매일같이 〈오클랜드 트리뷴Oakland Tribune〉

을 통해 추이를 지켜본 이 사건은 평생 동안 나를 떠나지 않았다"고 스테파니 브라이언 사건 회고 기사에서 한 인터넷 기자는 썼다. "나는 내 나이에 살인 사건에 관한 기사를 읽는다는 것이 부적절하다고 생각하신 부모님이 안 계실 때를 틈타 기사들을 읽었다."

성인으로서 우리는 어린 시절의 위험과 공포에 대한 기억을 상실한다.

얘야, 퀸타나. 내가 너를 여기 주차장에 가둘 테다.

다섯 살 되고 나서부터는 한 번도 그 사람 꿈을 꾼 적이 없어.

난 이것에 대해 알 필요가 있어.

훨씬 나중에 안 일이지만 그 아이가 줄곧 지녀왔던 두려움 중 하나는 존이 죽어 자신 외에는 나를 보살펴줄 사람이 없게 되는 것이었다. *왓슨 의사 선생님이 전화했을 때 만약 엄마 아빠가 집에 없었다면? 만약 병원에서 왓슨 의사 선생님을 만날 수 없었다면? 만약 고속도로에서 사고가 났다면? 그랬다면 나는 어떻게 되었을까?*

그 아이는 어떻게 내가 자신을 보살피지 않으리라고

상상이라도 할 수 있었을까?

나는 이렇게 묻곤 했다.

이제 그 반대를 묻는다.

그 아이는 어떻게 내가 자신을 보살필 수 있다고 상상이라도 할 수 있었을까?

그 아이는 나를 보살핌이 필요한 존재로 보았다.

그 아이는 나를 연약한 존재로 보았다.

그것은 그 아이의 불안이었을까, 아니면 나의 불안이었을까?

나는 그 아이가, 어디였는지 기억은 안 나지만, 어느 중환자실에서 잠시 인공호흡기에 의존하지 않고도 호흡할 수 있었을 때 이 두려움에 관해 알게 되었다.

말했잖은가, 다 똑같았다고.

파란색과 흰색 무늬가 찍힌 커튼. 플라스틱 튜브 속의 꼴깍거리는 소리. 링거 주사약 떨어지는 소리, 기관지 수포음, 경보음.

비상신호. 카트.

그 아이에게 일어나서는 안 되는 일이었어.

UCLA의 중환자실이었음에 틀림없다.

그 아이가 이런 대화를 나눌 수 있을 만큼 오래 인공호흡기를 뗄 수 있었던 곳은 UCLA뿐이었으니.

멋진 기억들이 있잖아요.

있다, 하지만 그것들은 희미해진다.

그것들은 서로 뒤섞여 흐려진다.

그것들은, UCLA 중환자실에서 보낸 5주 동안 일어난 일들 중 유일하게 떠올릴 수 있는 기억을 묘사할 때 퀸타나가 했던 말처럼, "모두 흐리멍청하다."

나는 그 아이에게 말하려 했다. 나도 기억하는 데 애를 먹어.

언어들이 뒤범벅된다. 내가 필요한 것은 아보가도abogado일까 아니면 아보카트avocat일까?(변호사를 뜻하는 스페인어와 영어 단어)

이름들이 사라진다. 이를테면 캘리포니아 카운티들의 이름들이, 전에는 알파벳순으로 암송할 수 있었을 만큼(알라메다와 알파인과 알마도르, 칼라베라스와 콜루사와 콘트라코스타, 마데라와 마린과 마리포사) 친숙했던 것들이 이제 내게서 떠나간다.

내가 아직 기억하는 그 카운티의 이름.

내가 언제나 기억하는 그 하나의 카운티의 이름.

내게도 부서진 남자가 있었다.

내게도 내가 알 필요가 있던 이야기들이 있었다.

트리니티.

스테파니 브라이언이 얕은 무덤에 묻혀 발견된 카운티의 이름이 트리니티였다.

히로시마와 나가사키의 그 사진들을 낳은 알라모고도의 핵 실험장 이름도 트리니티였다.

19

"여기 필요한 것은 몽타주이고, 음악이 깔린다.

그녀는 어떻게: 아버지에게 말을 걸고 xxxx 그리고

xxxxx…

"xx," 그는 말했다.

"xxx," 그녀는 말했다.

"그녀는 어떻게:

"그녀는 어떻게 이걸 했고 그녀는 왜 그걸 했고 그들이

x와 x와 xxx를 했을 때 음악은 무엇이었고…

"그는, 그리고 그녀 또한 어떻게…"

이것은 내가 1996년에 발표한 장편소설《그가 절대로 원하지 않았던 것The Last Thing He Wanted》을 쓸 때 남긴 메모다. 나는 내가 글을 쓰던 당시 얼마나 편안했던가, 얼마나 쉽게 썼던가, 무슨 말을 할 것인지에 대하여 얼마나 별다른 고민 없이 쓱쓱 써내려갔던가를 보여주기 위해 이것을 공유한다. 사실 진정한 의미에서 그때 나는 글을 쓴 것이 아니었다. 나는 그저 어떤 리듬 속에서 스케치를 하고 그 리듬이 내게 내가 무슨 말을 하고 있는지를 전달해주게 했던 것이다. 내가 종이에 남긴 표시들은 그저 'xxx' 또는 'xxxx' 같은 것으로 '미정' 또는 '아직 미정'을 뜻하는 기호일 뿐이지만, 이 기호들은 특별한 그룹으로 배치되고 있기도 하다. 이를테면 'x'는 'xx'나 'xxx' 또는 'xxxx'와는 달랐다. 이 기호들의 숫자에는 나름의 의미가 있었다. 배치가 그 의미였다.

이 메모가 새로 씌어진 형태는, 그러니까 어떤 진정한 의미를 담고 '씌어진' 버전은 보다 상세하다. "우리가 여기서 원하는 것은 몽타주다. 음악이 깔린다. *카메라, 엘레나를 향한다.* 아버지가 키티 렉스 호를 정박한 부두에 홀로 서있다. 샌들의 앞부분으로 판자에 솟아있는 가시를 뽑아내고 있다. 스카프를 벗고, 플로리다 남부의 달콤하고 무거운 공기로 축축해진 머리카락을 흔들어 본다. *카메라, 배리 세들로우로 전환한다.* '대여. 휘발유. 미끼. 맥주. 탄약'이라는 간판이 달린 오두막의 문가에 서있다. 계산대에 몸을 기대고 있다. 망을 친 문을 통해 엘레나를 바라보며 잔돈을 기다리고 있다. *카메라, 지배인을 향한다.* 천 달러 지폐를 현금등록기 안의 상자 밑에 밀어넣고, 상자를 원상태로 올려놓고, 백 달러 지폐들을 센다. 백 달러 지폐쯤은 어디서나 받아주니까. 플로리다 남부의 달콤하고 무거운 공기 속에서, 아바나가 지척이라 말레콘의 두 가지 색깔 임팔라(아프리카산 영양의 일종)가 보일 것만 같다. 제기랄, 뭐 어쨌든 여기서 재미 좀 봤잖아."

보다 상세하다, 그렇다.

'그녀'는 이제 이름이 있다. 엘레나다.

'그'는 이제 이름이 있다. 배리 세들로우다.

하지만 주의할 점은 그건 원래 메모에서부터 줄곧 있

어왔다는 사실이다. 그 기호들 속에, 페이지 위 표시들 속에 줄곧 있어왔다. 'xxx'와 'xxxx' 속에 줄곧 있어왔다.

나는 이런 과정이 작곡과 비슷하리라, 막연히 추측했다.

나는 작곡은커녕 독보讀譜도 할 줄 모르기 때문에 이것이 정확한 판단이었는지 알 수가 없다. 이제 내가 아는 것이라면 내가 더이상 이런 식으로 글을 쓰지 않는다는 것이다. 내가 이제 아는 것이라면 글쓰기는, 내가 'xxx'와 'xxxx' 식으로밖에 진행할 수 없었던 그때 하고 있었던 그것은, 내가 음악을 듣는다고 상상했던 그때 하고 있었던 그것은, 이제 더이상 내게 쉽게 와주지 않는다는 것이다. 나는 얼마 동안은 그것을 내 문체에 대한 어떤 피로감, 어떤 성급함, 보다 직선적이고 싶은 소망 탓으로 돌렸었다. 나는 지면에 말들을 쏟아내면서 겪는 그 어려움 자체를 오히려 환영했다. 나는 그것을 새로 발견한 직선적 경향의 증거로 보았다. 나는 이제 그것을 다르게 본다. 나는 이제 그것을 연약함으로 본다. 나는 이제 그것을 퀸타나가 두려워했던 바로 그 연약함으로 본다.

우리는 또 하나의 여름으로 진입하고 있다.

나는 이 연약함의 문제에 부쩍 더 집중하는 자신을
발견한다.

나는 길에서 쓰러질 것이 두렵고, 자전거를 타고 달리
는 배달원이 나를 밀쳐 고꾸라뜨릴 것을 상상한다. 전동
스쿠터를 타는 어린아이가 다가오면 교차로 한복판에서
몸이 얼어붙어 꼼짝할 수가 없다. 나는 더이상 매디슨
애비뉴의 쓰리 가이스 식당으로 아침을 먹으러 가지 않
는다. 만약 도중에 쓰러지기라도 하면 어쩐단 말인가?

휘청거리는 것 같고, 중심을 못 잡는 것 같으며, 정확
한 묘사일 수도 아닐 수도 있지만 신경이 연신 오발탄
을 쏘아대는 것 같은 느낌이 든다.

안부를 물어오는 아는 이들의 목소리에서 전에 느껴
보지 못했던, 갈수록 고통스럽고 심지어 굴욕적이기까
지 한, 새로운 어조가 감지된다. 안부를 물어오는 아는
이들은 초조하고, 반은 염려스럽고 반은 짜증스러워 보

이며, 사실 내 대답에는 더이상 관심이 없는 것 같다.

대답이래야 불평뿐일 것임을 잘 알고 있다는 듯이.

나는 누가 안부를 물어오면 오직 긍정적으로만 말하자는 결심을 한다.

나는 명랑한 응대를 짜맞춘다.

내가 명랑한 응대라고 믿은 걸 한참 짜맞추다 보면 오히려 그것은 내 귀에도 우는 소리에 더 가깝게 들린다.

징징거리지 마라. 나는 색인카드에 쓴다. *불평하지 마라. 더 열심히 일해라. 혼자 있는 시간을 더 가져라.*

나는 주로 쪽지를 붙여두는 코르크판에 색인카드를 눌러 붙인다.

"우리 결혼식 9일 전에 기차에 치여 사망." 코르크판의 쪽지 하나에 적힌 글이다. *"아침에 집을 나와 오후에 경비행기 추락사고로 사망."* 다른 쪽지에 적힌 글이다. *"1931년 1월 2일이었다."* 세 번째 쪽지에 적힌 글이다. *"쿠데타를 일으켰다. 형이 대통령이 되었다. 그가 더 성숙했다. 나는 유럽으로 갔다."*

코르크판에 눌러 붙인 이 쪽지들은 나에게 기능할 수

있는 능력을 회복시켜줄 것이라는 기대로 만든 것이었지만, 지금까지는 기대에 부응하지 못했다. 나는 쪽지들을 다시 살펴본다. 누가 그녀의 결혼식 9일 전에 기차에 치여 사망했다는 걸까? 아니 그녀가 아니라 *그의* 결혼식이었을까? 누가 아침에 집을 나와 오후에 경비행기 추락사고로 사망했다는 걸까? 누가, 무엇보다도, 1931년 1월 2일에 쿠데타를 일으켰다는 걸까? 그리고 어느 나라에서?

이 질문들의 답을 찾으려는 시도를 그만둔다.

전화벨이 울린다.

나는 방해가 고마운 마음에 얼른 수화기를 집어든다. 조카 그리핀의 목소리다. 그는 '염려하는 친구들'로부터 전화가 오고 있음을 내게 보고해야 한다고 느낀다. 그들의 염려의 핵심은 내 건강, 특히 내 체중이다. 나는 더 이상 고맙지 않다. 나는 콜롬비아의 카리브 해안에서 열린 영화제 기간 동안 파라티푸스에 걸려서 집에 돌아와 보니 체중이 너무 빠진 탓에 어머니가 말리부로 날아와 나에게 음식을 먹여주어야 했던, 1970년대 초 이래 줄곧 동일한 체중을 유지해온 사실을 지적한다. 그리핀은 안다고 말한다. 그는 자신이 그걸 알아볼 수 있을 만큼 철이 든 이래 내 체중에 변동이 없었다는 것을 안다. 그는 단지 이 '염려하는 친구들'이 자신에게 한 이야기들을 보고하고 있을 뿐이다.

그리핀과 나는 서로를 이해한다. 이 경우에 그것은 우리가 화제를 바꿀 수 있음을 의미한다. 나는 1931년 1월 2일 쿠데타를 일으킨 사람이 누구인지, 어느 나라에서였는지, 아는지 물어볼까 하다가 묻지 않는다. 다른 화제가 없자, 나는 그에게 내가 최근 샌프란시스코의 포 시즌스 호텔에서 샌프란시스코 공항까지 이용한 택시의 운전사 이야기를 한다. 이 택시 운전사는 내게 자신은 석유 호황이 꺼질 때까지 휴스턴의 채굴 현장들을 연구조사했었다고 말했다. 그의 아버지는 건설 감독이었는데 그것은 자신이 전후의 대규모 제방 및 발전소 건설 현장에서 자랐다는 뜻이라고 그는 말했다. 그는 콜로라도의 글렌 캐넌을 언급했다. 그는 새크라멘토 외곽의 란초 세코를 언급했다. 그는, 내가 작가라는 걸 알고는, 자신이 '미국과 일본의 성교'에 관한 책을 쓰기를 원한다는 사실을 언급했다. 그는 사이먼 앤드 슈스터 사에 출판 제의를 한 바도 있는데, 그 회사는, 자신이 믿는 바에 의하면, 다른 작가에게 그 제안을 빼돌렸다고 했다.

"마이클 크라이튼이라는 작자 말이에요." 그가 말했다. "그가 훔쳤다는 게 아니고, 그 출판사가 내 아이디어를 도용했다는 말을 하는 거예요. 하지만, 어쩌겠어요. 아이디어야 공짜니까요."

샌 브루노 근처에서 그는 사이언톨로지(미국에서 설립된 신종교)에 관해 언급하기 시작했다.

나는 이 진짜 이야기를, 그저 내가 할 수 있다는 것을 보여주기 위해, 하고 있다.

내 연약함이 내가 더이상 진짜 이야기를 할 수 없는 지경에 도달하지 않았다는 것을 보여주기 위해.

주들이 흘러가고, 이어서 달들이 흘러간다.

나는 웨스트 42번 스트리트의 리허설 룸에 가서 1970년대에 가까운 친구 둘이 가사를 썼던 브로드웨이 뮤지컬의 새 프로덕션 리허설을 관람한다.

나는 접이식 금속 의자에 앉는다. 뒤에서 아는 목소리들이 들리지만(바로 그 가까운 친구 둘과 그들의 공동 제작자이다) 몸을 돌릴 자신이 없다. 노래들이(귀에 익은 것들도 있고 새로운 것들도 있다) 계속된다. 재현부들이 돌아온다. 접이식 금속 의자에 앉아있다 보니 차츰 일어서기가 두려워진다. 피날레가 가까워지면서 완전한 공황을 경험한다. 발이 더이상 움직이지 않으면 어쩌지? 근육들이 엉겨붙어버리면 어쩌지? 이 신경염 또는 신경장애 또는 신경병적 염증이 더 지독한 것으로 발전했으면 어쩌지? 나는 20대초에 다발성경화증의 배제진단을 받은 일이 있으나 진단을 한 의사는 나중에 질환이 사라졌다고 했다. 그런데 그게 더이상 사라진 게 아니라면 어쩌지? 사실은 사라졌던 적이 없는 거라면 어쩌지? 재발했으면 어쩌지? 이 웨스트 42번 스트리트의 리허설 룸의 접이식 의자에서 일어나자마자 쓰러져 바닥에 구르면, 접이식 금속의자도 나와 함께 나동그라지면, 어쩌지?

그리고 만약…

(또 다른 일련의 끔찍한 가능성들이 떠오른다. 바로 전 것보다

도 훨씬 더 무시무시하다…)

손상이 육체적인 범주를 넘어선다면 어쩌지?

문제가 인지적인 것이라면 어쩌지?

내가 한때 환영했던 문체의 부재가, 내가 조장했으며 북돋우기까지 한 직선적 경향이, 이 문체의 부재가 제 나름의 사악한 일생을 막 시작한 것이라면 어쩌지?

적정한 어휘, 적절한 사고, 어휘들이 말이 되게끔 해 주는 맥락, 리듬, 음악 그 자체를 불러내지 못하는 이 새로운 무능력이…

이 새로운 무능력이 체계적인 것이라면 어쩌지?

내가 말이 되는 어휘들을 다시는 찾아내지 못한다면 어쩌지?

20

나는 컬럼비아 프레스비테리언 병원에서 새 신경외과 전문의의 진찰을 받는다.

새 신경외과 전문의는 해답을 갖고 있다. 모든 새 신경외과 전문의들은 해답을 갖고 있다. 주로 희망사항이기가 쉽지만. 새 신경외과 전문의들은 희망사항식 사고의 힘을 믿는 최후의 진정한 신봉자들이다. 이 새 신경외과 전문의가 제시하는 해답은 체중을 늘리고 매주 최소 세 시간씩 물리치료를 받는 것이다.

이 교리문답은 이미 경험했던 것이다.

나는 유난히 체구가 작은 아이였다. '유난히'라고 말한 데는 이유가 있다. 내 체구가 워낙 작다보니 생면부지의 낯선 사람들도 으레 한마디씩 할 정도였다. "그다지 살집이 있는 편이 아니시군요." 파리에서 항생제를 처방받으러 갔던 병원의 프랑스인 의사가 한 말이었다. 다 사실이었지만 나는 그런 소리를 듣는 것이 짜증났다. 나는 그런 소리가 내가 모르는 사실을 지적하는 것처럼 제시될 때 특히 짜증났다. 나는 키가 작았고, 나는 야위었고, 나는 엄지와 검지만 오그려도 손목을 잡을 수 있었다. 내 가장 최초의 기억들은 살 좀 찌라는 어머니의 당부였다. 마치 살이 찌지 않는 것이 고의적인 반항의 행위라도 된다는 듯. 나는 접시에 남은 음식을 남김없이 다 먹어야만 식탁을 떠날 수 있었는데, 그런 규칙은 주로 접시 위의 음식을 하나도 먹지 않는 새롭고 창의적인 기법의 개발을 촉구할 뿐이었다. '깨끗한 접시 클럽'이 자주 언급되었다. '잘 먹는 사람'들이 칭찬받았다. "저 아이는 인간 쓰레기통이 아니야." 아버지가 나를 변호하며 지르던 고함이 기억난다. 성인이 되고 나자 이런 식습관은 섭식장애로 이어질 것이 거의 분명하다는 판단이 생겼으나, 나는 어머니에게 그 이론을 언급하지 않았다.

새 신경외과 전문의에게도 언급하지 않았다.

사실 새 신경외과 전문의는, 체중을 늘리고 물리치료를 받는 것에 더하여, 세 번째 해답을, 역시 희망사항이었지만, 제시했다. 내가 20대 시절 받은 배제진단에도 불구하고, 나는 다발성경화증을 갖고 있지 않다. 그는 이 점을 강조한다. 내게 다발성경화증이 있다고 믿을 이유가 없다. 내 20대 시절에 없었던 기법인 MRI는 내가 다발성경화증을 갖고 있지 않음을 결정적으로 보여준다.

그가 어떤 대답을 하건 믿겠다는 태도를 애써 내보이며 나는 묻는다. 그렇다면 내가 갖고 있는 건 뭘까요?

나는 신경염, 신경장애, 신경병적 염증을 갖고 있다.

나는 그가 어깨를 으쓱하는 걸 못 본 체한다.

나는 이 신경염, 신경장애, 신경병적 염증의 원인이 무엇인지 묻는다.

체중미달입니다. 그가 대답한다.

또 다시 내 문제는 결국 내 탓이라는 총체적 선고가
내려진 것을 의식하지 않을 수 없다.

나는 체중 늘리는 문제와 관련하여 영양사 한 사람을
소개받는다.

영양사는 (꼭 필요한) 단백질 셰이크를 만들고, 뉴저지
의 농장에서 (그보다 좋은) 신선한 계란을, 매디슨 애비뉴
의 메종 뒤 쇼콜라에서 (그보다도 더 좋은) 완벽한 바닐라
아이스크림을 구해 내게 가져다준다.

나는 단백질 셰이크를 마신다.

나는 뉴저지의 농장에서 온 신선한 계란과 매디슨 애
비뉴의 메종 뒤 쇼콜라에서 온 완벽한 바닐라 아이스크
림을 먹는다.

그럼에도.

내 체중은 늘지 않는다.

총체적 해법이 또 다시 실패했다는 불편한 느낌이
든다.

나는, 다른 한편으로는, 좀 놀랍게도, 내가 물리치료
를 무척 좋아한다는 사실을 깨닫는다. 나는 60번 스트

리트와 매디슨 애비뉴에 있는 컬럼비아 프레스비테리언 병원의 스포츠 의료시설에서 정기적으로 물리치료를 받는다. 나는 같은 시간에 찾아오는 다른 환자들의 힘과 전반적인 상태에 깊은 인상을 받는다. 나는 그들의 균형, 물리치료사가 권하는 다양한 기구들을 능숙하게 사용하는 모습을 연구한다. 더 살펴볼수록 더 고무된다. *이거 정말 효과 있구나,* 나는 혼잣말을 한다. 이 생각은 나를 쾌활하게, 낙천적으로 만들어준다. 나는 내 동료 환자들처럼 겉보기에 힘 들이지 않고 몸을 통제할 수 있으려면 몇 번이나 더 치료를 받아야 할지 궁금해진다. 물리치료 셋째 주가 되어서야 이 동료 환자들은 사실 뉴욕 양키스 소속 야구선수들이라는 걸, 경기가 없는 날 간단히 몸을 푸는 것뿐이라는 걸 나는 알게 된다.

21

오늘 60번 스트리트와 매디슨 애비뉴의 컬럼비아 프레스비테리언 병원의 스포츠 의료시설에서 걸어서 귀가하는 길에 나는 뉴욕 양키스 선수들과 근거리에 있음으로써 조성됐던 낙관주의가 희미해져 감을 발견한다. 나의 육체적 자신감은 오히려 최저점에 이르고 있다. 인지적 자신감은 아예 완전히 자취를 감춘 것 같다. 이 이야기를 하는 올바른 자세, 내게 일어나고 있는 일을 묘사하는 방법, 그 태도와 어조, 어휘 자체마저도 이제 감이 잡히지 않는다.

어조는 직선적일 필요가 있다.

여러분에게 직선적으로 이야기할 필요가, 주제를 사실대로 다루어야 할 필요가 있지만, 무엇인가가 나를 붙잡는다.

이것도 또 다른 종류의 신경장애, 새로운 연약함일까? 나는 더이상 직선적으로 이야기할 능력이 없는 것일까?

그 능력이 있었던 적이 있기나 할까?

그걸 잃어버린 것일까?

아니면 이 주제는 내가 다루고 싶지 않은 사안일까?

내가 웨스트 42번 스트리트의 리허설 룸의 접이식 의자에서 일어나기가 두렵다고 말할 때, 내가 진정으로 두려운 것은 무엇일까?

22

만약 엄마 아빠가 집에 없었다면?

만약 병원에서 왔슨 의사 선생님을 만날 수 없었다면?

만약 고속도로에서 사고가 났다면?

그랬다면 나는 어떻게 되었을까?

모든 입양아들은(나는 듣는다) 생부모들로부터 버림받
았다고 믿는 것처럼 양부모들로부터도 버림받지 않을
까 두려워한다. 그들은 가족구성원으로의 진입에 관한
자신의 독특한 상황으로 인해 버림받음을 자신의 역할

로, 자신의 운명으로, 달아나지 않으면 결국 사로잡히고 말 숙명으로 보게 된다.

퀸타나.

모든 양부모들은(나는 듣지 않아도 안다) 자신에게 주어진 아이를 기를 자격이 없지 않을까, 아이를 도로 빼앗기지 않을까 두려워한다.

퀸타나.

퀸타나는 내가 직선적이 되는 데 어려움을 느끼는 영역 중의 하나다.

나는 앞에서 이미 입양이란 제대로 하기 어려운 일이라고 했지만, 이유는 말하지 않았었다.

"물론 아이에게는 본인이 입양이라는 얘기를 하지 말아야지." 그 아이가 태어났을 때 많은 사람들이 그렇게 말했다. 대부분 내 부모와 비슷한 나이의 사람들로서, 다이애나의 부모처럼, 아직 입양이란 것을 어쩐지 부끄러운 일이며 무슨 일이 있어도 유지해야 할 비밀로 여겼던 세대였다. "아이에게는 차마 말할 수 없는 일이야."

물론 우리는 그 아이에게 말할 수 있었다.

사실 우리는 그 아이에게 이미 말했었다. *라톱타다,* *미하.* 아이에게 말하지 않는다는 것은 고려조차 하지 않았다. 대안이 무엇이란 말인가? 거짓말을 하는 것? 아이의 에이전트에게 아이를 베벌리 힐스 호텔에 데려가 점심을 먹이게 하는 것? 몇 년이 채 지나지 않아 나는 그 아이의 입양에 관해 글을 썼고, 존도 그 아이의 입양에 관해 글을 썼으며, 퀸타나 본인도 사진작가 질 크레멘츠가《입양된다는 것의 느낌How It Feels to Be Adopted》이라는 책을 위해 인터뷰 할 아이들 중 하나가 되는 데 동의했다. 그 기간 동안 우리는 그 아이의 입양에 관한 글이나 기사를 보고 그 아이가 자신의 잃어버린 딸이라고 믿는 여자들, 갓난아기의 입양에 동의해놓고 이제 글이나 기사에 언급된 그 아이가 자신의 사라진 아이일 가능성에 고통을 받는 여자들로부터 주기적으로 연락을 받곤 했다.

이 아름다운 아이, 이 완벽한 아이.

케 에르모사, 케 출라.

우리는 이 연락들에 모두 응답하고 추적 확인했으며, 세부 사실들이 어떻게 일치하지 않는지 날수가 어떻게 맞아떨어지지 않는지 이 완벽한 아이가 왜 그들의 친딸이 아닌지를 설명했다.

우리는 우리의 역할이 완수되었고 사안은 종결되었다고 생각했다.

그런데도.

권장된 선택 이야기는 1966년 9월 입양이 법적으로 확정된 그 더운 날 더 비스트로 식당의 점심 자리에서 (긴 의자가 놓인 시드니 코샤크의 구석 테이블, 파란색과 흰색 점이 찍힌 오건디 드레스) 이 완벽한 아이를 우리 둘 사이 테이블 위에 두고 내가 상상했던(희망하고 꿈꾸었던) 것과는 달리, 끝이 나지 않았다.

32년이 지난 1998년, 그 아이가 자신의 아파트에 혼자 있었기에 문가에 찾아드는 나쁜 소식이건 좋은 소식이건 홀로 맞아들일 수밖에 없었던 토요일 아침, 이 완벽한 아이는 페더럴 익스프레스로 편지 한 통을 받았다. 자신을 부모가 같은 여동생이라고(당시 우리는 몰랐지만 퀸타나의 생부모가 그 아이 밑으로 더 낳은 한두 명의 아이들 중 하나인 듯했다) 확신에 차 소개한 젊은 여자가 보낸 편지였다. 퀸타나가 태어났을 무렵 그 아이의 생부모는 결혼 전이었는데, 이후 결혼하고 퀸타나와 부모가 같은 여자 아이와 남자아이를 낳은 뒤 이혼했다. 퀸타나의 여동생 을 자처한 젊은 여자의 편지에 따르면 그녀는 어머니와 함께 이제 댈러스에서 살며, 남동생은 어머니와 의절하 고 텍사스의 다른 도시에서 산다. 아버지는 재혼하여 아 이를 또 하나 낳았으며 이제 플로리다에서 산다. 어머니 로부터 몇 주 전에야 퀸타나의 존재를 알게 된 이 여동 생은 어머니의 당초 반대에도 불구하고 즉시 언니를 찾 기로 결심했다.

그녀는 인터넷을 이용했다.

그녀는 인터넷에서 이백 달러에 퀸타나를 찾아주겠 다는 사설탐정을 발견했다.

퀸타나의 번호는 전화번호부에 등재되어 있지 않았다.

이백 달러는 그 아이의 콘 에드(뉴욕시에 전력과 가스를 공 급하는 회사) 계좌를 알아보는 대가라 했다.

여동생은 거래에 동의했다.

사설탐정은 단 10분 만에 여동생에게 전화를 해서 그

아이의 뉴욕 주소를 아파트 번호까지 불러주었다.

서튼 플레이스 사우스 14번지, 아파트 11D호.

여동생은 편지를 썼다.

그녀는 페더럴 익스프레스를 통해 서튼 플레이스 사우스 14번지, 아파트 11D호로 그 편지를 부쳤다.

"토요일 배달 조건이야." 퀸타나는 아직도 페더럴 익스프레스 봉투에 든 그 편지를 우리에게 보여주면서 말했다. "페덱스가 토요일 배달로 왔어." 그 아이가 토요일 배달, 페덱스가 토요일 배달로 왔어라는 말을, 마치 그 점에 집중하면 자신의 세계가 원래대로 돌아갈 수 있다는 듯 반복하던 게, 강조하던 게 기억난다.

23

내가 이것을 어떻게 받아들였는지는 쉽게 설명할 수
가 없다.

나는 한편으로는 놀랄 일이 아니라고 스스로에게 말
했다. 우리는 그런 가능성을 염두에 두고 32년을 보냈
었다. 그 세월의 대부분 동안에는 가능성이라기보다 십
중팔구 다가올 일로 여겼다고까지 할 수 있다. 퀸타나의
어머니는, 사회복지사의 행정 과실로 인해, 우리의 이름
과 퀸타나의 이름은 물론 내 필명까지 전달받았던 것이
었다. 우리의 삶은 전적으로 사적인 것이 아니었다. 우

리는 강연을 다녔고 행사에 나갔으며 사진을 찍혔다. 우리는 쉽게 찾을 수 있는 사람들이었다. 우리는 이 일이 어떻게 일어날 것인지에 관해 이야기를 나누기도 했다. 편지가 올 것이다. 전화가 올 것이다. 전화를 한 사람은 이러이러한 말을 할 것이다. 둘 중 누가 전화를 받건 우리는 이러이러한 말을 할 것이다. 양측은 만날 것이다.

그건 논리에 맞을 것이었다.

그건 다, 그 일이 일어난다면, 이치에 닿을 것이었다.

다른 시나리오는 이랬다. 퀸타나는 스스로 찾기를 시작하고 연락을 취할 것이다. 그 아이가 그러고 싶다면 과정은 간단할 것이다. 역시 행정 과실로 인해 산타모니카의 성 요한 병원에서 생모의 이름을 지우지 않은 청구서가 우리에게 날아올 것이다. 나는 그 이름을 꼭 한 번 보았을 뿐이지만 그것은 내 기억에 각인되어 남아있다. 나는 그것이 아름다운 이름이라고 생각했었다.

우리는 변호사와 이 문제를 상의했었다. 그리고 퀸타나가 요청하면 그 아이가 원하거나 필요로 하는 어떤 도움이라도 제공할 수 있는 권한을 변호사에게 부여했다.

이 또한 논리에 맞을 것이었다.

이 또한 다, 그 일이 일어난다면, 이치에 닿을 것이었다.

다른 한편으로는, 너무 늦지 않았느냐고, 적기가 아니라고, 나는 스스로에게 말했다.

가족이라는 것이, 어쨌든, 시효가 만료되는 시점이 있는 법이라고, 나는 스스로에게 말했다.

그렇다. 나는 방금 그렇게 말했다. 물론 나는 이 가능성을 생각했었다.

그것을 받아들이는 것은 다른 문제일 것이었다.

앞에서 어디선가 나는 〈로이 빈 판사의 삶과 시대〉 촬영이 진행 중이던 투손에 그 아이를 데려갔던 일을 언급했다.

나는 힐튼 인을 언급했고 보모를 언급했고 딕 무어를 언급했고 폴 뉴먼을 언급했지만, 그 여행에 관해 내가 언급하지 않은 부분이 있다.

그 일은 투손에서의 첫날 밤에 일어났다.

우리는 그 아이를 보모에게 맡겼다. 우리는 편집용 프린트를 보았다. 우리는 힐튼 인의 식당에서의 저녁식사 자리에서 만났다. 식사가 반쯤 끝났을 무렵(테이블에 사람이 좀 너무 많았고, 좀 너무 시끄러운, 그저 또 하나의 영화 촬영지에서의 업무 관련 저녁식사였다) 갑자기 하나의 생각이 머릿속으로 들어왔다. 이곳은, 내게는, 그저 또 하나의 영화 촬영지가 아니었다.

이곳은 투손이었다.

우리는 그 아이의 본래 가족에 대해 많은 걸 듣지 않았지만 한 가지 사실은 들었었다. 그 아이의 생모가 투손 출신이라는 것. 그 아이의 생모는 투손 출신이었고, 나는 그녀의 이름을 알았다.

내가 다음에 한 일을 하지 않는다는 것은 나는 생각지도 않았다.

나는 테이블에서 일어나 투손 전화번호부가 있는 공중전화를 찾았다.

나는 그 이름을 찾아보았다.

나는 그 이름을 존에게 보여주었다.

우리는 아무 말도 없이 사람들로 북적거리는 식당의 테이블로 돌아가 〈로이 빈 판사의 삶과 시대〉의 제작자에게 면담을 요청했다. 그는 우리를 따라 로비까지 나왔다. 그곳 힐튼 인의 로비 구석에서 우리는 그와 삼사 분가량 이야기를 나눴다. 우리가 투손에 있다는 걸 절대로 아무도 알아서는 안 된다고, 우리는 말했다. 특히 퀸타나가 투손에 있다는 걸 절대로 아무도 알아서는 안 된다고, 우리는 말했다. 투손 신문에 〈로이 빈 판사의 삶과 시대〉 촬영장의 아이들에 관한 귀여운 기사가 나는 걸 보고 싶지 않다고, 나는 말했다. 나는 홍보 관련 스태프들에게 신신당부해 줄 것을 그에게 요청했다. 나는 어떤 상황에서도 퀸타나의 이름이 이 영화와 관련하여 나타나서는 안 된다고 재차 강조했다.

그러리라고 생각할 이유는 없었으나 나는 확실히 해 두어야만 했다.

나는 그 가능성을 봉쇄해야만 했다.

나는 그 노력을 기울여야만 했다.

나는 그러면서 내가 퀸타나와 그 아이의 생모 모두를

보호하고 있다고 믿었다.

내가 이 이야기를 하는 이유는 입양과 함께 발생할 수 있는 혼란스러운 충격들을 암시하기 위해서이다.

페덱스 토요일 배달조건 편지가 오고 한 달이 지나, 퀸타나와 그 아이의 여동생은 먼저 뉴욕에서 이어서 댈러스에서 만났다. 뉴욕에서 퀸타나는 여동생에게 차이나타운 관광을 시켜줬다. 그 아이와 여동생은 펄 리버에서 쇼핑을 했고, 다 실바노 식당에서 존과 나하고 만나 저녁식사를 함께 했다. 그 아이는 친구와 사촌들을 자신의 아파트로 불러 술자리를 가지며 여동생에게 소개시켜주었다. 두 자매는 쌍둥이처럼 보였다. 퀸타나의 아파트에 들어선 그리핀이 그 아이의 여동생을 보고 'Q'라고 불렀을 정도였다. 마가리타(테킬라와 레몬을 섞은 칵테일의 일종)와 과카몰리(아보카도를 으깨고 각종 양념을 넣은 멕시코 요리)가 나왔다. 이 첫 번째 주말 만남에는 흥분에 대한 의지, 우애에 대한 결의, 발견에 대한 의도의 기운이 있었다.

그로부터 한 달쯤 후, 댈러스에서, 이 의지와 결의와

의도는 모두 자취 없이 사라져버렸다.

댈러스에서 스물네 시간을 보내고 전화를 해온 그 아이는 당장 눈물을 쏟을 것처럼 마음이 황망해져 있었다.

댈러스에서 그 아이는 처음으로 그 아이의 어머니뿐 아니라 이제 그녀가 '생물학적 가족'이라 부르던 집단의 다른 구성원들, 그 아이를 오랫동안 잃어버렸던 아이로 환영해준 낯선 사람들에게도 소개되었다.

댈러스에서 이 낯선 사람들은 그 아이에게 사진들을 보여주었고, 그 아이와 이런저런 사촌 또는 이모나 고모 또는 할아버지의 닮은 점을 이야기했으며, 거기 있다는 것만으로 그 아이가 당연히 그들 중의 하나가 되기로 선택했다고 여기는 것 같았다.

뉴욕으로 돌아오자마자 그 아이는, 재회(그 아이의 생모가 지적했듯 그들은 한 번도 서로를 본 일이 없었기 때문에 정확히 말하자면 사실 재회도 아니었지만)에 대한 당초의 저항감이 사라진 대신 입양으로 귀결되기까지의 사건들에 관해 논의할 필요가 생긴 것 같은 생모로부터 정기적으로 전화를 받았다. 이 전화들은 아침에, 대체로 퀸타나가 출근하려는 시간에 왔다. 그 아이는 전화를 서둘러 끊고 싶지는 않았지만 직장에 늦고 싶지도 않았다. 더구나 그 아이가 당시 사진 편집자로 일하던 잡지사 〈엘르 데코Elle Decor〉는 구조조정 중이있으며 그 아이는 자신의 자리가 위태롭다고 느끼고 있던 상태였다. 그 아이는 이 갈등에 관해 정신과 의사와 상담했다. 정신과 의사와의 상담 후 그 아이는 생모와 여동생에게 '발견된 것'("나는 발견되었어"는 그 아이가 자신에게 발생한 그 일을 언급하는 데 사용한 매혹적이고도 애매한 표현이 되었었다)은 '감당하기 너무 벅차고' '너무 갑작스러운 너무 많은' 일이었으며 자신은 '한 발짝 물러서서' 자신이 아직 자신의 진짜 삶이라고 생각하는 것들 속에서 '잠시 숨을 가다듬어야' 할 필요가 있다는 편지를 써 보냈다.

그 아이는 생모로부터 자신은 짐이 되고 싶지 않으며 그래서 전화번호를 변경해 버렸다는 답장을 받았다.

바로 이때가 우리들 중 누구도 그 혼란스러운 충동들을 피할 수 없으리라는 사실이 명료해진 시점이었다.

퀸타나의 생모도, 퀸타나의 여동생도, 물론 나도.

퀸타나 자신조차도.

자신이 알아온 세계가 부서지는 것을 '발견된 것'이라고 표현했던 퀸타나 그 아이도.

니콜라스와 알렉산드라를 '니키와 써니'라고 불렀고 그들의 이야기를 '대 히트작'이라고 판단했던 퀸타나 그 아이도.

부서진 남자를 그토록 생생하고 자세히 상상했던 퀸타나 그 아이도.

생모가 전화번호를 변경하고 몇 주 후, 생모나 여동생으로부터가 아닌, 또 한 통의 편지가 도착했다.

그 아이는 플로리다의 생부로부터 편지를 받았다.

그 아이가 자신이 입양아라는 사실을 안 때부터 그 아이가 '발견된' 때까지, 30여 년의 세월 동안, 그 아이는 여러 차례 자신의 다른 어머니에 관해 언급했었다. '내 다른 엄마,' 그리고 철이 든 이후의 '내 다른 어머니'는 그 아이가 말을 깨치고 나서부터 줄곧 생모를 칭한 방식이었다. 그 아이는 생모가 어떻게 생겼는지를 궁금해 했다. 그 아이는 그걸 발견할 가능성을 고려했다가 결국 배제했다. 존은, 그 아이가 어렸을 때, 만일 '다른 엄마'를 만나면 뭘 하겠느냐고 물은 일이 있었다. "한 팔을 엄마 허리에 두를 거고," 그 아이가 대답했었다, "다른 한 팔은 다른 엄마 허리에 두른 다음, '안녕, 엄마들!' 할 거야."

그 아이는 결코, 단 한 번도, 다른 아버지를 언급한 일이 없었다.

그 아이의 마음 속 그림에 생부가 포함되지 않았던 것 같은 이유를 나는 알지 못한다.

"이 얼마나 길고 괴이한 여정이었단 말이냐." 플로리다에서 온 편지에는 그렇게 씌어 있었다.

그 아이는 내게 편지를 읽어주며 울음을 터뜨렸다.

"다른 무엇보다도," 그 아이는 울먹이며 말했다, "내 생부는 멍청이임에 틀림없어."

그로부터 3년 후 마지막 연락이 왔다. 이번에는 여동생으로부터였다.

여동생은 그 아이에게 남동생의 사망 소식을 전해주었다. 사망원인은 분명치 않았다. 심장이 언급되었다.

퀸타나는 그를 만난 적이 없었다. 날짜는 확실치 않지만 그 아이가 다섯 살 때 태어났을 것이라고 추측된다.

다섯 살 되고 나서부터는 한 번도 그 사람 꿈을 꾼 적이 없어.

남동생이 죽었음을 알리는 이 전화가 이 두 자매가 마지막으로 나눈 대화였다.

퀸타나 그 아이가 죽었을 때 여동생은 꽃을 보내왔다.

24

　나는 오늘 웨스트레이크 여학교 졸업반이던 그 아이
가 영어 과목의 일일 숙제로 1984년 봄에 썼던 일기를
처음으로 들추어 보고 있다. "존 키츠의 시 한 편을 공
부하다가 흥미진진한 발견에 도달했다." 일기장의 한
권은 이렇게 시작된다. 1984년 3월 7일. 그 아이가 처음
으로 일기를 쓰기 시작했던 1983년 9월을 시작으로 백
열일곱 번째 일기다. "시 〈엔디미언Endymion〉에는 삶에
대한 나의 현재의 두려움을 말하는 것 같은 구절이 있
다. *무無가 되어버리다.*"

이 1984년 3월 7일의 일기는 계속해서 장 폴 사르트르와 마르틴 하이데거의 논쟁, 그리고 심연에 대한 그들 각자의 이해로 이동하는데, 나는 더이상 논쟁을 따라가고 있지 않다. 자동적으로, 생각 없이, 끔찍하게도, 마치 그 아이가 아직 웨스트레이크 여학교 학생이고 내게 리포트 검토를 요청하기라도 한 것처럼, 나는 그걸 교정하고 있다.

예를 들면,

제목 〈엔디미언〉 뒤의 콤마를 삭제할 것.

"삶에 대한 나의 현재의 두려움을 말하는 것 같은 구절"에서의 '말하는'은 물론 오류임.

'묘사하는'이 낫겠음.

'암시하는'은 더 낫겠음.

다시 생각해보면, '말하는'도 괜찮을 수도 있음. 그 아이가 사용한 대로 '말하는'을 써볼 것.

나는 써본다. *그 아이는 사르트르와 관련하여 삶에 대한 자신의 현재의 두려움을 '말한다.'*

나는 다시 써본다. *그 아이는 하이데거와 관련하여 삶에 대한 자신의 현재의 두려움을 '말한다.' 그 아이는 심연의 이해를 '말한다.' 그 아이는 심연에 대한 자신의 이해를 한정한다. "이것은 그저 내가 심연을 이해하는 방식이다. 나는 틀릴지도 모른다."*

상당한 시간이 지나서야 나는 그 아이가 사용한 어휘에 대한 내 집착이 그 1984년 3월의 어느 날 그 아이가 정말로 하고 있었던 말에 대한 근심의 가능성을 차단했다는 것을 깨닫는다.

그것은 의도적이었을까?

나는 그 아이가 삶에 대한 자신의 두려움에 관해 했던 말을, 그 아이가 부서진 남자에 대한 자신의 두려움에 관해 했던 말을 차단했던 것과 똑같은 방식으로, 차단하고 있었을까?

애야, 퀸타나. 내가 너를 여기 주차장에 가둘 테다.

다섯 살 되고 나서부터는 한 번도 그 사람 꿈을 꾼 적이 없어.

나는 그 아이의 일생 동안 우리 사이에 차폐장치遮蔽
裝置를 두고 있었을까?

나는 그 아이가 정말로 하고 있는 말을 듣고 싶지 않
아 했을까?

나는 그것이 두려웠을까?

나는 같은 문단으로 되돌아가, 이번에는 의미를 찾아
읽어본다.

그 아이가 한 말. *삶에 대한 나의 현재의 두려움.*

그 아이가 한 말. *무가 되어버리다.*

그 아이가 정말로 하고 있던 말. *세상은 아침과 밤 외
에는 아무것도 가진 게 없다. 그것은 낮이나 점심을 갖
고 있지 않다. 그냥 땅바닥에 있게 내버려둬 줘, 그냥 땅
바닥에서 잠들게 내버려둬 줘. 내가 웨스트 42번 스트
리트의 리허설 룸의 접이식 의자에서 일어나기가 두렵
다고 말할 때, 그것은 내가 정말로 하고 있는 말일까?*

나는 그것이 두려울까?

25

나는 다시 직선적으로 이야기하기를 시도한다.

내 가장 최근 생일이었던 2009년 12월 5일, 나는 일흔다섯 살이 되었다.

이 괴상한 구조에 주목하라. *나는 일흔다섯 살이 되었다. 반향이 들리는가?*

나는 일흔다섯 살이 되었다? 나는 다섯 살이 되었다?

다섯 살 되고 나서부터는 한 번도 그 사람 꿈을 꾼 적이 없어.

또한, 첫 몇 장에서 노화에 관해 이야기하는 이 책에

서, 그만한 이유가 있어 '푸른 밤'이라는 제목을 붙인 이 책에서, 그걸 쓰기 시작했을 때 어두운 날들의 불가피한 도래를 빼고는 생각할 수 있는 게 별로 없었기 때문에 '푸른 밤'이라는 제목을 붙인 이 책에서, 하나의 두드러진 사실을 말하기까지, *주제를 사실대로 다루기까지* 내가 얼마나 많은 시간을 들였는지에 주목하라. 노화와 그 증거는 삶의 가장 예측 가능한 사건들인 동시에 우리가 될 수 있으면 언급하지 않고, 탐구하지 않고 지나치기를 원하는 사건들이기도 하다. 나는 성장한 여자들, 사랑받는 여자들, 재능이 있고 성공한 여자들이, 방안의 어느 작은 꼬마가, 주로 사랑해마지않는 질녀나 조카가, 그들을 '주름투성이'라고 묘사했거나 그들이 몇 살인지 물었다는 이유만으로 눈에 눈물이 그렁그렁해지는 광경을 목격해왔다. 이런 질문을 받으면 우리는 언제나 그 순수성에 무장이 해제되고 그 질문을 하는 목소리의 종소리처럼 맑은 음조에 왠지 모를 수치감을 느낀다. 우리를 부끄럽게 하는 것은 이것이다. 우리의 대답은 결코 순수하지 않다는 것. 우리의 대답은 불분명하고 회피적이고

죄의식이 묻어있기조차 하다. 지금 이 질문에 대답을 하면서 나는 나 자신의 정확성을 의심하는, 갈수록 풀어내기 힘든 산수를 재점검하는(1934년 12월 5일 출생, 2009 빼기 1934, 이걸 암산해보면 전적으로 무관한 천년 단위가 느닷없어 뒤죽박죽이 되곤 한다), 스스로에게(나 말고는 누구도 별로 신경 쓰지 않는다) 뭔가 실수가 있었음이 틀림없다고 주장하는 모습을 발견한다. 바로 어제 나는 50대, 40대였는데, 바로 어제 나는 서른한 살이었는데.

퀸타나는 내가 서른한 살 때 태어났다.

바로 어제 퀸타나는 태어났다.

바로 어제 나는 산타모니카의 성 요한 병원 신생아실에서 퀸타나를 집으로 데려왔다.

은빛 단이 대어진 캐시미어 보자기에 감싼 채로.

아빠 새는 아기 새를 감싸 안을 토끼 가죽을 구하러 나갔단다.

만약 엄마 아빠가 집에 없었다면? 그랬다면 나는 어떻게 되었을까?

바로 어제 나는 405번 고속도로 위에서 그 아이를 내

품에 안고 있었다.

　바로 어제 나는 우리와 함께라면 안전할 것이라고 그 아이에게 약속하고 있었다.

　우리는 그때 405번 고속도로를 샌디에고 고속도로라 불렀다.

　우리가 405번 고속도로를 샌디에고 고속도로라 불렀던 것이 바로 어제고, 우리가 10번 고속도로를 산타모니카 고속도로라 불렀던 것이 바로 어제고, 산타모니카 고속도로가 존재하지 않았던 것이 바로 엊그젠데.

　바로 어제 나는 아직 산수를 할 수 있었고, 전화번호를 기억할 수 있었으며, 공항에서 차를 렌트하여 겁먹지 않고 중요한 순간에 정지하고 양발을 페달에 얹고도 어느 게 가속페달이고 어느 게 브레이크인지를 기억하지 못해 얼어붙지 않으며 차를 몰아 차고를 빠져나올 수 있었다.

　바로 어제 퀸타나는 살아있었다.

　나는 페달에서 양발을 하나씩 차례로 뗀다.

　나는 허츠 렌터카 회사의 직원이 차의 시동을 걸어준

이유를 꾸며낸다.

　나는 일흔다섯 살이다. 이것은 내가 제시한 이유가
아니다.

26

내가 이따금 상담을 하곤 하는 의사는 내가 노화에 관해 부적절한 대응을 해왔다고 말한다.

잘못된 대응이겠지요, 나는 이렇게 말하고 싶다.

사실 나는 노화에 관해 그 어떤 대응도 한 바가 없다.

사실 나는 지금껏 전 생애를 내가 노화할 것이라는 진지한 믿음 없이 살아왔다.

나는 내가 늘 좋아해온 4인치 굽이 달린 빨간색 스웨이드 샌들을 계속 신을 것임을 조금도 의심치 않았다.

나는 내가 늘 의존해온 금제 고리 귀걸이와 검은색

캐시미어 레깅스와 에나멜 칠이 된 비즈 목걸이를 계속 달고 입고 걸 것임을 조금도 의심치 않았다.

내 피부는 결점과 잔주름에 심지어 검버섯까지 생겨날 터이지만(일흔다섯의 나이에 이 정도야 미용 관련한 현실적 판단이라 할 수 있을 것이다) 줄곧 그래왔던 것처럼 기본적으로 건강하게는 보일 것이었다. 내 머리카락은 본래의 색깔을 잃을 터이지만 얼굴 주변의 흰머리를 빼고는 계속 염색을 할 수 있을 것이며 나머지는 1년에 두 번 범블 앤드 범블의 조해너를 통해 하이라이트를 넣을 수 있을 것이었다. 나는 1년에 두 번 범블 앤드 범블의 염색실에 들를 때마다 마주치는 모델들이 나보다 무척 젊다는 사실을 절감할 터이지만 1년에 두 번 범블 앤드 범블의 염색실에 들를 때마다 마주치는 모델들은 기껏해야 열여섯 또는 열일곱 살일 것이니 그들과 나의 격차를 개인적인 실패로 해석할 이유가 없을 것이었다. 내 기억력은 감퇴할 터이지만 기억력이 감퇴하지 않는 사람이 어디 있나. 내 시력은 검은 레이스처럼 생겼으나, 사실은 피와 눈물 따위 분비물의 찌꺼기인 덩어리를 통해 세상을 바라보기 전에 비하면 문제가 많을 터이지만, 내가 여전히 보고 읽고 쓰고 두려움 없이 교차로에서 운전할 수 있을 것이라는 데는 의심의 여지가 없을 것이었다.

그것이 교정될 수 있으리라는 데는 의심의 여지가 없을 것이었다.

'그것'이 무엇이건.

나는 상황을 극복하는 나의 힘을 절대적으로 믿었다.

'상황'이 무엇이건.

내 할머니는 일흔다섯이 된 후 새크라멘토의 집 근처의 인도에서 뇌출혈로 쓰러져 의식을 잃고 서터 병원으로 이송되었으나 그날 밤 사망했다. 할머니에게 이것은 '상황'이었다. 내 어머니는 일흔다섯이 된 후 유방암 진단을 받고 두 차례의 화학요법 치료를 받았고 세 번째와 네 번째 치료는 감당하지 못했음에도 아흔한 번째 생일을 두 주 앞두었을 때까지 생존했으나(사망원인은 암이 아니라 심부전이었다) 결코 전 같지는 않았다. 모든 것이 잘못되어갔다. 어머니는 자신감을 잃었고, 사람들 사이에서 불안해했다. 손주들의 결혼식은 물론이고 심지어는 가족끼리의 저녁식사 자리에서조차 온전히 편안하지 못했다. 어머니는 이해하기 어려운, 심지어 적대적인, 판단들을 내렸다. 예를 들어 뉴욕의 나를 방문했을 때 어머니는 그 첨탑과 석판 지붕이 거실 창으로 보이는 풍경 전체를 이루던 성 야고보 성공회 성당을 '내 평생 가장 추한 교회당'이라고 표현했다. 어머니가 사는 해안에서 어머니 본인의 제안으로 몬터레이 베이 수족관에 함께 갔을 때 어머니는 물의 움직임으로 인해 현기증이 난다며 이내 자동차가 있는 곳으로 되돌아갔다.

나는 어머니가 연약한 느낌을 갖고 있었음을 이제 깨닫는다.

나는 어머니가 지금 내가 갖는 느낌을 갖고 있었음을 이제 깨닫는다.

길에서 보이지 않는 존재.

도로의 모든 바퀴 달린 차량의 목표물.

인도의 가장자리에서 내려오는 순간, 앉거나 일어나는 순간, 택시의 문을 열거나 닫는 순간, 중심을 잃는 존재.

단순한 산수뿐이 아니라 간단한 뉴스나 교통상황 안내 알아듣기, 전화번호 외우기, 디너파티에서 제자리에 앉기와 같은 영역에서도 인지적 장애를 겪는 존재.

"에스트로겐은 실제로 내 기분을 낮게 만들어 주었단다." 어머니는 돌아가시기 얼마 전, 수십 년을 그것 없이 살아온 입장에서, 내게 말했다.

그래, 그랬다. 에스트로겐은 어머니의 기분을 낮게 만들어 주었었다.

이것은 우리 대부분에게 '상황'이었던 것으로 드러난다.

하지만 그럼에도.

그럼에도 여전히.

모든 증거에도 불구하고.

내 피부와 내 머리카락과 내 인지능력조차도 모두 다 내가 더이상 갖고 있지 않은 에스트로겐에 의존한다는 사실을 인정함에도 불구하고.

내가 다시는 4인치 굽이 달린 빨간색 스웨이드 샌들

을 신지 못함을 인정함에도 불구하고, 그리고 금제 고리 귀걸이와 검은색 캐시미어 레깅스와 에나멜 칠이 된 비즈 목걸이는 더이상 잘 어울리지 않음을 인정함에도 불구하고.

이 나이의 여자가 그처럼 세세하게 외모에 신경을 쓴다는 것 자체가 많은 사람들에게 엉뚱한 허영의 표현으로 이해될 것임을 인정함에도 불구하고.

그 모든 것에도 불구하고.

그럼에도 불구하고.

일흔다섯이라는 나이는 하나의 중대한 변화로서, 완전히 다른 '그것'으로서 제시될 수 있다는 사실을 나는 최근에야 알았다.

27

올 초여름에 내게 어떤 일이 일어났다.

나 자신의 가능성에 대한 내 견해를 변화시킨, 이를 테면 내 지평을 축소시킨, 어떤 일이.

그 일이 일어난 것이 몇 시였는지, 또는 그 일이 일어난 것이 무슨 이유였는지, 심지어 그 일어난 일이 정확히 무엇이었는지 나는 아직 알지 못한다. 내가 아는 거라곤 6월 중순의 그날, 3번 애비뉴와 80번 스트리트에서 이른 저녁을 먹고 친구와 집까지 걸어서 돌아온 내가 침실 바닥에 누워 이마와 왼쪽 팔과 양쪽 다리에서 피를 흘리며 일어날 수 조차 없는 상태에서 의식이 돌아오는 스스로를 발견했다는 사실이 전부다. 내가 쓰러졌다는 것은 확실해 보였지만, 쓰러진 기억, 중심을 잃은 기억, 중심을 되찾고자 애쓴 기억, 다시 말해서 쓰러지기 직전의 통상적인 전조의 기억이 전무했다. 의식을 잃은 기억 또한 없었다. 내게 일어난 일에 대한 진단상의 용어는(그날 밤이 가기 전에 배운) '실신,' 즉 기절이었지만, 나는 '실신 전 증상'(심계항진, 어지러움, 현기증, 몽롱하거나 협착된 시야)을 중심으로 하는 실신 관련 논의의 어느 것에도 동일시할 수 없었으며 도무지 내 경우에 적용될 만한 것이 없어 보였다.

나는 아파트에 혼자 있었다.

아파트에는 전화기가 열세 대나 있었지만 그 순간 팔을 뻗으면 닿을 수 있는 거리에는 전화기가 하나도 없었다.

바닥에 누워 손이 미치지 않는 전화기들을 애써 머릿속에 떠올리며 방마다 하나씩 하나씩 세어나갔던 것을 나는 기억한다.

방 하나를 빠트린 것을 깨닫고 두 번, 세 번 다시 세어나갔던 것을 나는 기억한다.

이것은 위험할 만큼 마음을 달래주었다.

도움의 가망이 없는 상태에서 몸 주변으로 피가 흥건히 괴는 바닥에 누워 한숨 더 자기로 결정했던 것을 나는 기억한다.

손이 미치는 유일한 물건이었던 버들고리에서 퀼트 담요를 끌어내어 접은 뒤 머리 밑에 괴었던 것을 나는 기억한다.

두 번째로 의식이 돌아와 가까스로 내 몸을 끌어올리는 데 성공했을 때까지 그 밖에 기억나는 것은 하나도 없다.

그 시점에서 나는 친구에게 전화를 했다.

그 시점에서 그가 왔다.

그 시점에서, 나는 아직도 피를 흘리고 있었기 때문에, 우리는 택시를 잡아 레넉스 힐 병원 응급실로 향했다.

레넉스 힐로 가자고 한 것은 나였다.

반복한다. 레넉스 힐로 가자고 한 것은 나였다.

그로부터 몇 주 후, 그날 밤 일어난 사건의 모든 순서 중 다른 어떤 것보다 이 한가지 사실이 아직도 나를 괴롭혔다. *레넉스 힐로 가자고 한 것은 나였다.*

나는 레넉스 힐과 뉴욕 코넬, 두 개의 병원에서 같은 거리에 있는 아파트 건물 앞에서 택시를 탔고, *나는 레넉스 힐로 가자고 했다.* 뉴욕 코넬이 아닌 레넉스 힐로 가자고 한 것은 계발된 자기보존 본능을 보여준 것이 아니었다. 뉴욕 코넬이 아닌 레넉스 힐로 가자고 한 것은 그 순간 내게 나 자신을 보살필 능력이 없었다는 사실을 보여준 것일 뿐이었다. 뉴욕 코넬이 아닌 레넉스 힐로 가자고 한 것은 레넉스 힐에서 보낸 이틀 밤 동안(첫날밤은 응급실에서, 두 번째 밤은 심장외과 입원실에서 보냈다. 마침 병상이 하나 남았기 때문인데 거기서 나는 바로 심장외과 병상을 차지하고 누워있다는 이유로 심장 이상이 있는 환자로 엉뚱하게 추정되었다) 내가 대화를 나눈 모든 의사와 간호사와 조무사가 굴욕적으로 제시한 사실을 입증한 것일 뿐이었다. 내가 늙었다는 것. 내게 심장외과 병상이 주어졌다면 그것은 내게 심장 이상이 있음에 틀림없다는 사실을 깨닫지 못할 만큼 내가 늙었다는 것.

"환자분의 심장 이상은 모니터에 나타나지 않네요." 한 간호사는 계속해서, 힐난조로, 내게 말했다. 나는 그녀의 말을 받아들이고 이해하려 애썼다.

사람들의 말을 받아들이고 이해하는 일은 그 순간 내가 잘할 수 있는 일이 아니었는데, 이 간호사는 내 '심장 이상'이 모니터에 나타나지 않는 이유는 내가 고의로 전극을 떼어냈기 때문이라고 암시하는 듯했다.

나는 반박했다.

내가 아는 한 나는 심장 이상이 없다고, 나는 말했다.

그녀는 반박했다.

"물론 환자분은 심장 이상이 있으시죠." 그녀는 말했다. 그러더니, 사안을 종결지었다. "그렇지 않다면 심장 외과에 계실 리가 없으니까요."

내게는 그에 대한 답이 없었다.

나는 집에 있다고 생각하려 애썼다.

나는 지금이 낮인지 밤인지 알아내려 애썼다. 낮이라면 집에 갈 가능성이 있었으나, 병원에는 낮도 밤도 없었다.

교대근무뿐이었다.

기다림뿐이었다.

링거 간호사를 기다리고, 진통제 간호사를 기다리고,
운반 담당을 기다리기.

누가 이 도뇨관 좀 빼줘요.

수혈은 오늘 밤 열한 시로 지시되어 있어요.

"아파트 안에서는 보통 어떻게 활동하시죠?" 수술복
을 입은 누군가가 내 이동성은 완전히 과분한 것으로
간주하는 듯한 어조로 경탄을 금치 못하며 계속해서 묻
더니, 결국 스스로 대답을 제시했다. "보행기를 쓰세요?"

사기저하란 것은 순식간에 일어난다. 나는 이틀간의
비교적 어려울 것도 없는 입원이 내게 얼마나 부정적인
영향을 미쳤는지를 표현하는 데 어려움을 느낀다. 수술
을 받은 것도 아니다. 아무런 불편한 절차도, 정서적인
측면을 제외한다면, 없었다, 그럼에도 나는 터무니없는
오해의 희생자가 된 것 같은 느낌이었다. 나는 그저 집

에 돌아가 머리카락에 엉겨붙은 피를 씻어내고 병약한 지체부자유자 취급은 그만 받고 싶었다. 하지만 오히려 정반대의 일이 일어나고 있었다. 가족과 함께 세인트 피터스버그에 체류 중이던 컬럼비아 프레스비테리언 병원의 내 주치의가 키로프 발레단 공연의 막간 휴식시간에 레녹스 힐 병원의 내게 전화를 해왔다. 그는 내가 레녹스 힐에서 어떻게 지내고 있는지 알고 싶어 했다. 나 또한, 그 순간, 그랬다. 현장의 의사들은 내 정체미상의 '심장 이상'의 원인을 찾아내겠다는 결의에 차서 나를 영구적으로 어린애 취급할 생각인 것처럼 보였다. 일을 마치고 들른, 자신감 가득하고 머리카락에 피 따위가 엉겨붙어있지도 않으며 전화를 하고 받고 저녁 약속을 잡고 똑바로 앉을 수 없는 각도로 놓여있는 병상 때문에 내가 먹지는 못했지만 먹기좋게 식힌 스프를 가져다 준 지각력 있는 성인들인, 내 친구들조차 이제 내게 "집안에 누군가를" 고용해야 할 필요성을 이야기하고 있었다. 나는 마치 어쩌다 택시를 타고 레녹스 힐에 한 번 왔다가 그만 〈드라이빙 미스 데이지Driving Miss Daisy〉의 현실에서 잠이 깬 것 같은 기분이 되어갔다.

노력을 기울여서, 나는 간신히 이 점을 의사들에게 전달했다.

나는 레녹스 힐에서 풀려났다.

내 주치의도 세인트 피터스버그에서 돌아왔다.

며칠간 심장 이상 유무가 추가 점검된 끝에 심장 가설은 결국 폐기되었다.

또 다른 신경외과 전문의와의 약속이 잡혔다. 이번에는 뉴욕 코넬 병원이었다. 많은 검사들이 예정되었고 실시되었다.

중대한 변화 유무를 확인하기 위한 새 MRI.

중대한 변화는 없었다.

이전 검사에서 나타났던 동맥류의 확대 여부를 확인하기 위한 새 MRA.

동맥류의 확대는 없었다.

경동맥 칼슘 침착의 악화 여부를 확인하기 위한 새 초음파 검사.

경동맥 칼슘 침착의 악화는 없었다.

그리고 마지막으로, 심장과 폐와 간과 신장과 뼈와 뇌에, 그러니까 몸의 어느 부위에건, 어떤 이상이 발생했는지 여부를 확인하기 위한 전신 PET(양전자 단층촬영) 검사.

나는 PET 검사대에 미끄러져 들어갔다 나오기를 반복했다.

40분이 지나고 자세를 바꾼 다음 다시 15분.

나는 검사대 위에 꼼짝하지 않고 누워있었다.

결과가 깨끗하게 나오기를 상상한다는 것은 불가능한 일로 보였다.

또 다시 심장외과 병상에 누워 보내게 될 것이었다. 전신 PET 검사가 지시되면, 그러므로, 낮이 지나면 밤이 오듯, 전신 PET 검사가 보여줄 이상이 존재해야 할 것이었다.

하루가 지나서 결과가 나왔다.

검사 결과에는, 놀랍게도, 아무런 이상이 없었다.

모두가 이 점에 동의했다. 모두가 '놀랍게도'라는 부사를 사용했다.

놀랍게도, 왜 내가 그리 연약한 느낌이 들었는지 설명해줄 이상이 없었다.

놀랍게도, 왜 내가 웨스트 42번 스트리트의 리허설룸의 접이식 의사에서 일어나기를 그리 두려워했는지 설명해줄 이상이 없었다.

그때서야 나는 택시를 타고 레넉스 힐로 갔던 6월 14일부터 전신 PET 검사 결과가 나온 7월 8일까지의 3주 동안 나는 올해의 가장 깊고 푸른 밤들을 알아차리지도 못한 채 그냥 흘려보냈다는 사실을 깨달았다.

그 3주를, 그 빛을, 연중 다른 어느 밤보다 내가 사랑하는 바로 그 밤들을 상실한 대가는 무엇일까?

빛의 소멸을 피할 수 있을까?

아니면 그 경고만을 피하는 것일까?

푸른 밤이 가져다주는 메시지를 받지 못하면 어떻게 될까?

"삶의 모든 것이 멈추어버리는 순간을 경험해 보았나요?" 뉴욕 제츠 소속으로 포지션은 수비 태클이며 체중이 360파운드인 미식축구선수 크리스 젱킨스가 자신의 열 번째 NFL(미국 프로축구협회) 시즌 여섯 번째 경기에서 무릎의 반월판과 십자인대가 모두 파열된 뒤 던진 질문이다. "아주 빠르면서도 슬로모션으로요. 모든 감각이 정지한 것처럼요. 스스로의 모습을 바라보고 있는 것처럼요."

삶의 모든 것이 멈추어버리는 순간에 대한 두 번째 접근법은, "나는 '액션'과 '컷'이라는 두 낱말 사이에서 아주 멋지게 존재한다." 배우 로버트 듀발이 한 말이다.

세 번째 접근법은? "그것은 통증으로 나타나지 않아요." 언젠가 암 전문 외과의가 암에 관해 이렇게 말하는 것을 들었다.

28

나는 오로지 퀸타나에 대해서만 생각하고 있다.

나는 그 아이가 곁에 필요하다.

우리가 새라 맨키비츠의 민튼 접시들과 작별한 날부터 해변의 집으로 이사한 날까지 중간에 약 4년을 살았던 할리우드의 프랭클린 애비뉴 집 뒤에는 갈라진 흙 틈새로 잡초가 솟아나는 클레이코트 테니스장이 있었다. 거기서 그 아이가 '버니 래빗'이라고 부르던 너덜너덜한 봉제인형을 옆에 둔 채 통통한 아기 무릎을 꿇고 앉아 잡초를 뽑는 모습을 지켜보던 것이 기억난다.

아빠 새는 아기 새를 감싸 안을 토끼 가죽을 구하러 나갔단다.

몇 주 후면 그 아이가 죽은 지 5년이 된다.

의사가 환자가 벤트를 통해 충분한 산소를 흡입하지 못한 것이 최소한 한 시간은 되었다고 말한 지 5년.

제리와 내가 강이 내려다보이는 뉴욕 코넬 병원의 중환자실을 나온 지 5년.

이제 나는 그 아이에 대해 생각할 수는 있다.

이제 나는 더이상 그 아이의 이름을 듣고서 울지 않는다.

이제 나는 더이상 우리가 중환자실을 나온 뒤 그 아이를 영안실로 이송하기 위해 운반 담당을 부르는 장면을 상상하지 않는다.

그러나 아직도 나는 그 아이가 곁에 필요하다.

그 아이의 존재 대신에 나는 서재의 테이블 위에 놓인, 모두 그 아이가 내게 준, 책들을 들춰본다.

그중 하나는 책 제목이 《아기 동물들과 그들의 어미들Baby Animals and Their Mothers》인데 제목 그대로 아기 동물들과 그들의 어미들의 흑백 사진들이 담겨있다. 대부분 어린 양과 어미 양, 망아지와 어미 말처럼 마음을 푸근하게 해주는 인기 있는(버니 래빗과 비슷하게) 동물들이지만, 고슴도치, 코알라, 곰, 라마와 같은 덜 흔한 아기 동물들과 그들의 어미들의 사진들도 있다. 《아기 동물들과 그들의 어미들》의 책갈피 속에 아기 북극곰과 그 어미의 사진이 박힌 엽서가 한 장 꽂혀있다. '콜랭 쉬르 라 방퀴즈Colin sur la banquise'라는 프랑스어 주석이 있다. 해석하면 '유빙 위의 포옹.'

"여행 중에 엄마를 떠오르게 한 몇 가지"라는 글이 엽서에 씌어있다. 예전보다는 덜 조심스럽지만 여전히 또박또박한 필체.

여전히 그 아이의 필체.

《아기 동물들과 그들의 어미들》 밑에는 장 도미니크 보비의 《잠수종과 나비The Diving Bell and the Butterfly》가 있다. 프랑스어 판 〈엘르Elle〉 편집장이 12월 8일이라고 분명히 인식했던 날 뇌혈관 발작을 일으키고 1월말에야 간신히 의식을 회복하지만 말을 할 수도 없고 오직 한

쪽 눈꺼풀만 움직일 수 있게 된 실화를 기록한 책이다. '감금 증후군'으로 알려진 질환이다. (누군가 '실신'이라는 말을 사용했을까? 누군가 '실신 전 증상'이라는 말을 사용했을까? 여기서 어떤 단서를 발견할 수 있을까? 장 도미니크 보비의 상황에 대한 어떠한 단서라도? 나 자신의 상황에 대한 어떠한 단서라도?) 당시에 나는 완전히 이해하지 못했으며 그 후에는 파헤치고 싶지 않았던 어떤 이유로, 《잠수종과 나비》의 출간은 퀸타나에게 대단히 뜻 깊은 일이었다. 그게 너무도 확연했기에 그 아이에게 나는 그 책이 별로였다고, 아니 솔직히 완전히 믿기지도 않았다고 말할 수가 없었다.

나중에, 그 아이가 실질적으로 자신의 질환 속에 감금되고 나서야, 휠체어에 갇히고 뇌의 혈액 퇴적물과 뒤이은 신경수술로 고통 받게 되고 나서야, 나는 이해하기 시작했다.

이해하기 시작한 그 순간, 나는 그 책이 퀸타나에게 그처럼 확연하게 뜻 깊은 것이었을 이유를 파헤치고 싶지가 않아졌다.

그냥 땅바닥에 있게 내버려둬 줘,

그냥 땅바닥에서 잠들게 내버려둬 줘.

나는 《잠수종과 나비》를 서재 테이블 위에 내려놓는다.

유빙 위의 포옹.

이 유빙이란 것은 내게 낯익은 것이다. 나는 《아기 동물들과 그들의 어미들》 없이도 유빙의 이미지를 생생하게 되살릴 수 있다. 퀸타나가 입원해있던 첫 해, 나는 그 아이의 입원실 창을 통해 유빙들을 보았었다. 베스 이스라엘 노스 병원의 입원실 창을 통해 이스트 강의 유빙을, 컬럼비아 프레스비테리언 병원의 입원실 창을 통해 허드슨 강의 유빙을 보았었다. 지금 나는 유빙들을 생각하며 부서지는 얼음장을 타고 헬 게이트 브리지를 향해 흘러가는 아기 북극곰과 그 어미의 모습을 지켜보는 상상에 빠진다.

나는 아기 북극곰과 그 어미의 모습을 퀸타나에게 보여주는 상상에 빠진다.

유빙 위의 포옹.

그냥 땅바닥에 있게 내버려둬 줘.

나는 유빙을 잊어버리기로 결심한다.

유빙 생각은 이걸로 충분하다.

유빙을 생각하는 것은 그 아이를 영안실로 이송하기 위해 운반 담당을 부르는 장면을 생각하는 것과 같다.

나는 센트럴 파크까지 걸어가 센트럴 파크 보존회에 추모 기부가 있었음을 나타내는 황동 현판이 붙은 벤치에 한동안 앉아본다. 공원에는 이제 그런 황동 현판이 많고, 그런 벤치가 많다. *"퀸타나 루 던 마이클 1966~2005."* 이 벤치에 붙은 현판에는 이렇게 적혀있다. '여름에도 *겨울에도.'* 한 친구가 기부를 한 다음에 현판에 새겼으면 좋을 글귀를 내게 물어왔었다. 퀸타나가 UCLA 병원 신경재활부에서 물리치료를 받고 있을 때 문병을 왔던, 퀸타나를 보고 나서는 구내식당에서 먹을 것을 사와 병원 테라스에서 나와 점심을 함께 했던 그 친구였다. UCLA 병원 테라스에서 점심을 함께 먹었던 그날, 우리 두 사람은 퀸타나의 회복이 이 벤치에서 종착점을 찾으리라고는 상상조차 못했다.

그해 우리는 아직도 그렇게 생각했다.

퀸타나의 '회복.'

그때 우리는 회복이란 것이 얼마나 희귀할 수 있는지 전혀 몰랐다.

'회복'이, '입양'처럼, 실제 결과에 비해 더 가망 있게 다가오는 관념들 중 하나라는 사실을 전혀 몰랐다.

유방 위의 포옹.

휠체어.

혈액 퇴적물, 신경수술.

여름에도 겨울에도.

그 달라진 상황에서 그 아이가 《잠수종과 나비》를 기억했는지, 그때는 그것이 그 아이에게 무엇을 뜻했는지, 나는 궁금하다.

그 아이는 그 달라진 상황에 관해 이야기하고 싶어 하지 않았다.

그 아이는 그 달라진 상황에 '골몰'하지 않으면 어느 날 아침 깨어보니 원래와 같이 복원되어 있을 것이라고 믿고 싶어 했다.

"누군가가 죽었을 때처럼," 언젠가 자신의 접근법을 설명하며 그 아이는 이렇게 말했다, "골몰하지 말자는 거야."

29

시계를 멈추고 전화도 끊어라

군침 도는 뼈로 개들의 울부짖음도 막아라

피아노도 치지 말고 북소리도 죽여라

관을 꺼내고 조문객을 오게 하라.

신음소리를 내는 비행기들을 머리 위에서 빙빙 돌게

하라

메시지를 하늘에 휘갈겨 쓰며 그는 죽었다고.

공용 비둘기들의 흰 목 둘레에 크레이프 나비넥타이를

달아라

교통순경은 검은 무명 장갑을 끼게 하라.

그는 나의 북쪽이며, 나의 남쪽, 나의 동쪽과 서쪽이었고

나의 일하는 주중이었으며 내 휴식의 일요일이었고

나의 정오, 나의 한밤중, 나의 이야기, 나의 노래였다

나는 사랑이 영원할 줄 알았다. 나는 틀렸다.

이제 별들은 필요 없다. 다 꺼버려라.

달을 싸서 치우고 해를 철거하라

바다의 물을 쏟아 버리고 나무를 쓸어버려라

이제 그런 것들은 아무 소용이 없으므로.

W. H. 오든의 시 〈슬픈 장례식Funeral Blues〉의 이 열여섯 줄은 존이 죽은 직후의 여러 주 동안 내가 느끼고 있던 분노, 막무가내의 격분, 맹목적인 격노를 직선적으로 이야기해 주었다. 나는 나중에 퀸타나에게 〈슬픈 장례식〉을 보여주었다. 나는 그 아이에게 우리가 함께 계

획 중이던 존의 추도식에서 그 시를 낭독할 생각이라고 말했다. 그 아이는 그러지 말라고 애원했다. 그 아이는 이 시의 어느 한구석도 마음에 들지 않는다고 말했다. 그 아이는 그건 '잘못'이라고 말했다. 그 아이는 이 점에 있어 강경했다. 그때 나는 그 아이가 시의 어조, 그 거친 리듬, 세상을 배격하는 신랄함, 화자가 당장이라도 폭발할 것 같은 느낌에 불쾌감을 느낀 것이라고 생각했다. 이제 나는 그 아이의 강경함을 다르게 생각한다. 이제 나는 그 아이가 〈슬픈 장례식〉을 읽고 그것에 골몰했다고 생각한다.

그 아이가 죽은 2005년 8월 26일의 오후, 그 아이의 남편과 나는 강이 내려다보이는 뉴욕 코넬 병원의 중환자실을 나와 센트럴 파크를 가로질러 걸었다. 나무의 잎들이 어느새 선명함을 잃고 있었다. 아직 떨어지기까지는 몇 주가 남았지만 떨어질 준비가 다 되어 있었고, 아직 완전히 시들지는 않았지만 시들어가고 있었다. 그 아이가 그 병원에 들어왔던 5월말인가 6월초에는 푸른 밤들이 모습을 드러내기 시작하고 있었다. 그 아이가 중환자실에 입원하고 얼마 안 되어 나는 비로소 그것을 감지했다. 그 아이의 입원실이 있던 병동 그린버그 퍼빌리언의 로비에는 주요 후원자 세 사람의 초상이 걸려있었다. 그중에서 가장 유명한 사람은 재벌 보험회사 AIG의 창립자였고 그래서 정부의 AIG 구제 관련한 뉴스에 나오기도 했다. 그린버그 퍼빌리언 중환자실을 방문하기 시작한 첫 몇 주 동안 나는 초상의 얼굴들이 너무 낯익어 깜짝 놀라곤 했고, 중환자실에서 내려오는 초저녁이면 잠시 멈추어 서서 그들을 살펴보곤 했다. 그런 다음에 그 초여름의 그 저녁 무렵, 점점 짙어지는 푸름 속으로 걸어 나가곤 했다.

이 습관은 얼마 동안은 행운을 부르는 것처럼 보였다.

그때는 중환자실의 의사들이 하나같이 비관적으로 보이지 않은 시기였다.

그때는 회복이 가능해보이던 시기였다.

심지어 일반 환자실로의 이동이 언급되기까지 했으나, 일반 환자실로의 이동은 결코 현실화되지 않았다.

그러던 어느 날 밤, 중환자실을 나와 평소처럼 AIG 초상 앞에서 멈추어 서다가, 나는 깨달았다. 일반 환자실로의 이동은 없을 것이라는 것.

바깥의 빛은 이미 변해 있었다.

바깥의 빛은 더이상 푸르지 않았다.

그 아이는 중환자실에 입원한 후 그때까지 다섯 번의 구멍 수술을 받아야 했다. 그 아이는 줄곧 인공호흡기를 사용했으며 줄곧 마취되었다. 최초의 절개 부위는 아물 틈이 없었다. 나는 그 아이의 수술을 담당한 의사에게 얼마나 오래 그걸 계속할 수 있는 것인지 물었다. 그는 코넬 병원의 어떤 의사는 한 환자에게 열여덟 번의 구멍 수술을 실시한 일도 있다고 했다.

"그리고 그 환자는 살아남았습니다." 의사는 말했다.

어떤 상태에서요? 나는 물었다.

"따님이 여기 도착했을 때 좋은 상태가 아니었어요." 의사는 말했다.

그런 상황이었다. 바깥의 빛은 벌써 어두워지고 있었다. 여름은 끝이 나고 있었고 그 아이는 여전히 강이 내

217

려다보이는 중환자실에 있었으며 의사는 그 아이가 거기 도착했을 때 좋은 상태가 아니었다고 말하고 있었다.

다시 말해서 그 아이는 죽어가고 있었다.

나는 이제 그 아이가 죽어가고 있었음을 알았다.

이제 그 사실을 아는 걸 회피할 수가 없었다. 이제 비관적으로 보이지 않으려고 애쓰는 의사들을 믿을 수 없을 것이었다. 이제 AIG 창립자의 혼이 그 아이를 구해 줄 것이라고 스스로에게 거짓말을 할 수 없을 것이었다. 그 아이는 죽을 것이었다. 그 아이는 그날 밤 죽지는 않을지 모르나, 이튿날 죽지는 않을지 모르나, 이제 우리는 그 아이가 죽을 그 날을 향한 궤도에 올라와 있었다.

8월 26일은 그 아이가 죽을 날이었다.

8월 26일은 제리와 내가 강이 내려다보이는 중환자실을 나와 센트럴 파크로 걸어갈 날이었다.

이 글을 쓰는 지금 제리에 대한 내 호칭에 일관성이 없다는 사실을 깨닫는다. 어떤 때는 '제리'라 부르고 어떤 때는 '그 아이의 남편'이라 부른다. 그 아이는 그 말의 소리를 좋아했다. *그 아이의 남편. 내 남편.*

그 아이는 그 말을 되풀이하여 입 밖에 내곤 했다.

그 아이가 아직 말을 할 수 있었을 때.

그것은, 낮이 자꾸만 짧아지고 궤도가 비좁아지는 상황에서, 결코 매일이 아니었다.

보시다시피 우리는 지금 흉부압박을 가하는 중입니다.

환자가 벤트를 통해 더이상 충분한 산소를 흡입하지 못했거든요.

최소한 한 시간은 되었습니다.

그날 센트럴 파크의 다리 밑 지하도들 중 한 곳에서 누군가 색소폰을 불고 있었다. 그가 연주한 곡이 정확히 무엇이었는지는 기억할 수 없지만, 그것이 짝사랑에 관한 감상적인 노래였다는 것, 다리 밑에 멈추어 선채 고개를 돌려 시들어가는 나뭇잎들을 바라보며 눈물을 참을 수 없었던 것은 기억한다.

"싸구려 음악의 힘." 제리가 말했거나, 어쩌면 그저 내가 그렇게 생각했던 것인지도 모른다.

제리. 그 아이의 남편.

그 아이가 페이야드의 복숭아빛 케이크를 자르던 날.

그 아이가 선홍색 밑창의 구두를 신었던 날.

그 아이의 면사포를 통해 플루메리아 문신이 보였던 날.

사실 나는 색소폰 때문에 울고 있는 게 아니었다.

나는 타일 때문에, 베데스다 분수의 남쪽 아케이드의 민튼 타일 때문에, 새라 맨키비츠의 민튼 접시의 문양 때문에, 퀸타나의 영세 때문에 울고 있었다. 나는 볼더 시티를 지나 후버 댐 너머까지 개를 데리고 산책했던 코니 월드 때문에 울고 있었다. 나는 새라 맨키비츠의 거실에서 샴페인 잔을 들고 담배를 피우던 다이애나 때문에 울고 있었다. 나는 블레이크 왓슨을 알았던, 그래서 산타모니카의 성 요한 병원에서 그가 분만을 도운 아름다운 여자아기를 내가 데려올 수 있게 해준 다이애나 때문에 울고 있었다.

로스앤젤레스의 시더스 사이나이 병원 중환자실에서 죽을 다이애나.

로스앤젤레스의 시더스 사이나이 병원 중환자실에서 죽을 도미니크.

뉴욕 코넬 병원의 그린버그 퍼빌리언 중환자실에서 죽을 아름다운 여자아기.

보시다시피 우리는 지금 흉부압박을 가하는 중입니다.

환자가 벤트를 통해 더이상 충분한 산소를 흡입하지 못했거든요.

최소한 한 시간은 되었습니다.

누군가가 죽었을 때처럼, 골몰하지 말자는 거야.

30

그 아이가 죽고 6주 후, 렉싱턴 애비뉴의 성 빈첸시오 페레르 도미니크회 성당에서 아이의 추도식이 있었다. 슈베르트의 피아노 소나타 내림나장조의 한 악장이 연주되었다. 그 아이의 사촌 그리핀은 존의 《퀸타나와 친구들Quintana & Friends》 중 그 아이에 관한 단락을 몇 개 낭독했다. "퀸타나는 이번 주에 열한 살이 된다. 그 아이는 내가 당당함이라고밖에 묘사할 수 없는 태도로 사춘기에 이르고 있다. 하기야, 유아기 시절부터 그 아이를 지켜본 경험은 언제나 샌디 쿠팩스(미국의 야구선수)의

투구나 빌 러셀(미국의 농구선수)의 점프를 보는 것과 같았
다." 또 다른 사촌 켈리는 그 아이가 말리부에 살던 시절
산타나의 바람에 관해 쓴 시를 낭송했다.

　　정원들은 죽었다

　　동물들은 먹을 게 없다

　　꽃들은 향기가 없다

　　우물은 말라붙었다

　　사람들의 일터가 무너져내린다

　　프라이팬의 뇌가 돌아눕는다

　　나뭇잎들이 부숴지고 사람들은 중얼거린다

　　불에 탄 재가 나뒹군다

　말리부 유치원 시절부터 단짝이었던 수전 테일러는
그 아이에게서 받은 편지 한 통을 낭독했다. 캘빈 트릴
린은 그 아이에 관해 이야기했다. 제리는 그 아이가 좋
아했던 골웨이 키널의 시를 낭송했고, 패티 스미스는 자
신의 아들을 위해 만든 자장가를 그 아이에게 불러주었

다. 나는 그 아이의 아기 시절 잠을 재우러 읽어주었던 월레스 스티븐스의 〈흑인 지배Domination of Black〉와 T. S. 엘리엇의 〈뉴햄프셔New Hampshire〉를 낭송했다. 말이 트이자 그 아이는 "공작새 해봐"라고 말하곤 했다. "공작새 해봐," 아니면 "사과나무 해봐."

〈흑인 지배〉에는 공작이 나온다.

〈뉴햄프셔〉에는 사과나무가 나온다.

나는 성 요한 성당에서 공작들을 볼 때마다 〈흑인 지배〉를 떠올린다.

나는 그날 성 빈첸시오 페레르 성당에서 공작새를 했다.

나는 사과나무를 했다.

이튿날 그 아이의 남편, 내 오빠와 그의 가족, 그리핀과 그의 아버지 그리고 나는 성 요한 성당에 가서 그 아이의 유골을 성 안스가리오 예배실의 대리석 벽에 내 어머니와 존의 유골과 나란히 안치했다.

내 어머니의 이름은 이미 성 요한 성당의 대리석 벽에 새겨져 있었다.

에듀엔 제렛 디디온

1910년 5월 30일~2001년 5월 15일

존의 이름도 이미 거기 새겨져 있었다.

존 그레고리 던

1932년 5월 25일~2003년 12월 30일

아직 이름이 새겨지지 않은 공간은 두 개밖에 남아있지 않았다.

이제 단 하나뿐이었다.

내 어머니의, 그리고 이어서 존의 유골을 성 요한 성당의 벽에 안치하고 난 한 달여 동안 나는 똑같은 꿈을 되풀이하여 꾸었었다. 꿈속에서 시간은 늘 저녁 여섯시였다. 저녁기도 종이 울리고 성당의 문들이 닫히고 잠기는 시간.

꿈속에서 나는 저녁 여섯시 종소리를 듣는다.

꿈속에서 나는 성당이 어두워지고, 문들이 잠기는 것

을 본다.

꿈이 거기서부터 어떻게 진행될지는 상상할 수 있을 것이다.

그 아이의 유골을 대리석 벽에 안치하고 성당을 나왔을 때 나는 그 꿈에 대한 생각을 회피했다.

나는 추진력을 유지하겠노라고 스스로에게 약속했다.

'추진력 유지'는 다운타운 전체에 울려 퍼지던 지상명령이었다.

사실 그것을 잃는다면 무슨 일이 일어날지 나는 전혀 몰랐다.

사실 그것이 무엇인지 나는 전혀 몰랐다.

나는 그것이 이동, 여행, 공항 출입, 호텔 입퇴실 수속 등과 관련이 있을 것이라고 잘못 추측하고 있었다.

나는 그것을 해보았다.

성 요한 성당의 벽에 유골을 안치하고 난 다음 주, 나는 보스턴에 갔다가 뉴욕으로 돌아왔고, 다시 댈러스에 갔다가 뉴욕으로 돌아왔으며, 다음에는 미니애폴리스에

갔다가 뉴욕으로 돌아왔다.《마술적 사고의 해The Year of Magical Thinking》홍보를 위해서였다. 그 다음 주에도, 역시 홍보를 위해 그리고 여전히 추진력이란 여행에 관한 것이라는 오해 속에서, 나는 워싱턴에 갔다가 돌아왔고, 이어서 샌프란시스코, 로스앤젤레스, 덴버, 시애틀, 시카고, 토론토를 거쳐 팜 스프링스에 도착했다. 오빠네 가족과 추수감사절을 함께 보내기 위해서였다. 이 일정을 소화하던 중에, 공항을 드나드는 것만으로는 부족할지 모른다는, 그 이상의 어떤 노력이 필요할지 모른다는 생각을 하기 시작했던 나는 스콧 루딘(미국의 영화제작사)과 여러 차례 전화 통화를 했고 그 결과《마술적 사고의 해》를 바탕으로 내가 극본을 쓰고 그가 제작하고 데이비드 헤어가 연출하는 브로드웨이용 일인극을 만든다는 계획에 동의했다.

크리스마스 한 달 후에, 우리 세 사람은 이 프로젝트를 위한 첫 만남을 가졌다.

부활절 한 주 전에, 웨스트 42번 스트리트의 조그만 극장에서, 우리는 연극의 첫 극본 리딩 모임을 가졌다.

그리고 1년 후, 바네사 레드그레이브가 홀로 출연한 연극이 웨스트 42번 스트리트의 부쓰 씨어터에서 막을 올렸다.

추진력 유지 방법으로서 이것은 다른 대부분의 방법보다 효과가 있었다. 나는 그 모든 과정이 무척 좋았던 것을 기억한다. 나는 무대감독과 전기기사들과 무대 뒤에서 보내는 조용한 오후들이 좋았고, 30분 전에 좌석 안내원들이 지시사항을 들으러 아래층에 모이는 것이 좋았다. 나는 극장 밖에 슈버트 씨어터 경비원들이 동원된 것이 좋았고, 슈버트 앨리를 뚫고 들어오는 바람에 맞서 무대의 문을 열 때 느껴지던 육중함이 좋았으며, 무대를 오갈 수 있는 비밀 통로가 좋았다. 나는 밤에 무대 문을 관리하고 책상에 직접 구운 쿠키를 담은 양철통을 올려놓는 아만다가 좋았다. 나는 슈버트 재단의 부쓰 씨어터를 관리하고 중세문학 대학원 과정을 공부했으며 가웨인 경이 언급되는 장면의 몇 줄과 관련하여 우리의 절대적인 권위자가 되어준 로리가 좋았다. 나는 9번 애비뉴 근처의 식료품점 피스오치킨에서 사온 프라이드치킨과 옥수수 빵과 감자 샐러드와 야채들이 좋았다. 나는 에디슨 호텔 커피숍에서 사온 마초볼 수프가 좋았다. 나는 작은 간이 테이블과 체크무늬 테이블보와 전기 양초와 '카페 디디온'이라고 적힌 메뉴판이 있었던, 무대 뒤에 만들어놓은 앉을 자리가 좋았다.

나는 조명등 위 발코니에서 공연을 바라보는 것이 좋았다.

나는 거기에 조명등과 연극과 함께 홀로 앉아있는 것이 좋았다.

나는 모든 게 다 좋았지만, 무엇보다도 연극이 완전히 퀸타나에 집중된 것이기도 했고, 90분 간의 상연 시간에 다루어지는 다섯 개의 저녁과 두 개의 오후라는 그 시간 동안만큼은 퀸타나가 죽어있을 필요가 없다는 것이 특히 좋았다.

그 시간 동안 질문이 아직 열려 있다는 것이.

그 시간 동안 대단원이 아직 다가오지 않는다는 것이.

그 시간 동안 마지막 장면이 이스트 강이 내려다보이는 중환자실에서 진행될 필요가 없다는 것이.

그 시간 동안 여섯시에 종이 울리고 문들이 잠겨야
할 필요가 없다는 것이.

그 시간 동안 마지막 대화가 인공호흡기에 관한 것이
어야 할 필요가 없다는 것이.

누군가가 죽었을 때처럼, 골몰하지 말자는 거야.

31

연극이 막을 내린 늦은 8월의 저녁, 바네사는 커튼콜 때 받은 노란 장미들을 밥 크롤리가 마지막 장면의 세트로 제작했던 말리부의 집 데크 위, 존과 퀸타나의 사진 아래에 내려놓았다.

관객들이 빠져나가며 극장이 비었다.

존과 퀸타나를 두고 떠나고 싶지 않은 내 소망을 관객들이 아는 듯 천천히 빠져나가는 것을 보며, 마음이 흐뭇했다.

우리는 무대 옆에 서서 샴페인을 마셨다.

그날 저녁 극장을 떠나기 전에 누군가가 바네사가 무대 바닥에 내려놓았던 노란 장미들을 가리키며 나더러 가져가고 싶으냐고 물었다.

나는 노란 장미들을 가져가고 싶지 않았다.

나는 노란 장미들이 만져지기를 원치 않았다.

나는 노란 장미들이 바로 거기, 바네사가 내려놓았던 그대로, 고스트 라이트만 켜진 부쓰 씨어터 무대 위에서, 존과 퀸타나와 함께, 무대를 정리해야 하는 불가피한 순간인 아침 여덟시까지, 밤새도록, 남아있어 주기를 원했다. *"공연 144회, 시연 23회, 액터스 펀드 기부 1회,"* 그날 밤 무대감독의 공연일지 내용이다. *"마술적인 저녁. 아름다운 마지막 공연. 공연 전 디렉터의 전화. 커튼콜 장미. 샴페인 건배. 객석에 그리핀 던과 딸 해너, 그리고 매리언 셀데스 있었음. 카페 디디온은 마지막으로 피스오치킨 먹거리와 안주들을 제공했음."* 연극이 막을 내린 그 저녁, 내가 실제로 추진력을 유지했음이 분명해 보였지만, 추진력의 유지를 위해 어떤 대가를 치렀음 또한 분명해 보였다. 이 대가란 언제나 예측 가능한 것이었으나 나는 그날 밤에야 그것을 말로 표현할 수 있었다. 머릿속에 떠오른 구절 하나는 "자신을 몰아대기"였고, 다른 하나는 "한계를 넘어서서"였다.

32

"나는 환각, 기억력 상실, 신체기능의 저하, 각종 정신 이상이 주요 증상인 물중독증 또는 저나트륨혈증에 걸렸다. 나는 환청에 시달렸고, 텔레비전 화면에서 동시에 네 개의 이미지를 보았으며, 책을 읽으면 각각의 단어들이 분리되어 페이지를 가득 채웠다. 나는 전화를 해온 사람들에게 통화 상대가 누구라고 생각하느냐고 물었다. 내가 누군지 정말 몰랐기 때문이다. 그리고 나는 걸핏하면 쓰러졌다. 이 모든 환영 같은 경험에 더해, 나는 뇌졸중까지 겪었다."《때가 무르익으면: 서른 두 명의 여성이 말하는 쉰 이후의 삶In the Fullness of Time: 32 Women on Life After 50》에서 극작가 엔토자케 샹게는 50대의 우울 속에 찾아든 질병들에 관해 이렇게 쓰고 있다. "뇌졸중은 이미지들의 나노초nanosecond에 종언을 고했으며, 시력이 감퇴되고 무기력하며 다리가 움직이지 않고 말은 불분명한 데다 읽는 법까지 잃어버린 육신을 남겨놓았다."

그녀는 읽는 법을 기억하는 법을 배웠다.

그녀는 쓰는 법을 기억하는 법을 배웠다.

그녀는 걷는 법과 말하는 법을 기억하는 법을 배웠다.

그녀는 퀸타나가 되기를 꿈꾸었던 사람이, 달라졌던 상황에 골몰하지 않음으로써 어느 날 아침 깨어보니 원래와 같이 복원된 그런 사람이 되었다. "나는 죽지 않았다. 나이가 들었을 뿐이다." 이 개선된 시각에서 그녀는 우리에게 말한다. "하지만 나는 여전히 한두 연의 시를 암기할 수 있다. 내가 암기한 것은 생의 여러 시점에서의 내 딸의 얼굴이다."

33

추진력의 유지를 위해 치를 수 있는 대가의 또 다른
표현인 건강 이상은 그것을 예측할 만한 이유를 상상
할 수 없을 때 우리의 덜미를 붙잡는다. 내가 덜미를 잡
힌 정확한 시점은 잠에서 깨어보니 이통耳痛 같은 통증
이 느껴졌고 얼굴에는 내가 포도상구균 감염으로 오인
한 붉은 반점이 나타났던 2007년 8월 2일 목요일 아침
이다.

이것을 귀찮은, 시간이 소요되는, 아까운 아침의 낭비
라고 생각했던 것을 나는 기억한다.

내가 이통으로 오인한 통증 때문에 나는 그날 아침 이비인후과에 가야 할 것이었다.

내가 포도상구균 감염으로 오인한 반점 때문에 나는 그날 아침 피부과에 가야 할 것이었다.

정오가 되기 전에 진단 결과가 나왔다. 이통도, 포도상구균 감염도 아니었다. 대상포진이었다. 유년기의 수두를 유발하는 바이러스가 성인에게서 재발되는 신경계 감염으로, 일반적으로 스트레스로 인해 촉발되거나 악화된다고 판단되는 질병이었다.

'대상포진', 그것은 중요하지 않게, 살짝 희극적으로까지 들렸고, 어쩌면 대고모나 나이든 이웃쯤이 불평할 시시한 질병으로, 내일이면 우스갯소리가 될 그런 것쯤으로 느껴졌다.

내일. 그때가 되면 나는 말짱해질 것이다. 건강하게, 회복되어있을 것이다.

우스갯소리를 하며.

글쎄 알고 봤더니 그게 뭐였는지 짐작도 못할 거야. "대상포진이었어." 믿어져?

그러면 전혀 걱정할 일이 아니군요, 진단을 내려준 의사에게 이렇게 말했던 것을 나는 기억한다.

대상포진은 꽤 성가신 바이러스일 수 있어요, 의사가 방어조로 말했다.

아직 추진력 유지 모드에 있었으며, 또 아직 추진력 유지의 정도가 바로 나를 병원으로 끌고 온 주범임을 몰랐으므로, 나는 대상포진이 어떤 식으로 꽤 성가신 바이러스일 수 있는지 묻지 않았다.

나는 집에 돌아와 포도상구균 감염이 아닌 것으로 판명된 부위에 투명 파운데이션을 조금 바르고, 의사가 준 항바이러스성 알약을 한 알 삼킨 뒤에, 웨스트 42번 스트리트에 갔다. 내가 웨스트 42번 스트리트에 간 것은 몸 상태가 나아졌기 때문이 아니라(오히려 나빠졌다) 그날 극장에 가기로 계획했었기 때문, 즉 극장에 가는 것이 그날분의 추진력이었기 때문이었다. 자세히 쓰면 3시 30분까지 부쓰 씨어터에 도착하여 먼저 대역 리허설을 살펴보고, 휴식시간이 되면 웨스트 42번 스트리트를 건너 무대 뒤에서 먹을 프라이드치킨과 야채를 사오고, 실제 공연을 관람한 다음, 바네사와 그 밖에 누구든 남아 있는 사람들과 술 한 잔 하는 것이 그것이었다. "직선적이고, 매력적이고, 잘 조율된 공연." 그날 저녁 무대감독의 공연일지 내용이다. "레드그레이브 씨, 공연 전 불안해 보였음. 소용돌이가 선명하게 표현되었음. 관객들 몰입했음. 공연 시작 직후 휴대전화 울렸음. 존 디디온 참석했음(카페에서 피스오치킨 먹거리 제공, 공연, 여인들만의 칵테일 시간까지). 덥고 습한 날. 무대 온도는 편안했음."

레드그레이브 씨가 공연 전 불안해 보인 것에 대한 기억이 없다.

여인들만의 칵테일 시간에 대한 기억이 없다. 무대 뒤에서 바네사의 의상담당이 만든 대커리가 나왔고 나도 한 잔 했다고 한다.

덥고 습했지만 무대 온도는 편안했던 그날 이후 1주일 동안 내가 39도의 고열에 시달렸고 3주 동안은 왼쪽 머리와 얼굴 신경에 날카로운 통증이 왔으며(불편하게도 두통, 이통, 치통을 촉발하는 신경을 포함했다) 그 다음에는 신경외과 전문의는 "바이러스 감염 후 운동기능 장애"라고 묘사했으나 나는 "내 몸이 어디서 시작하고 어디서 끝나는지 모르겠는 것"이라고밖에 묘사할 수 없는 증상을 경험했다는 것 밖에는 다른 기억이 없다.

나는 그저 이것이 엔토자케 샹게가 "신체기능의 저하"라는 말로 의미한 그것인지 모르겠다는 생각이 들 뿐이다.

내게는 어떤 균형감각도 더이상 남아있지 않았다.

나는 손에 집어든 모든 것을 떨어뜨렸다.

나는 신발 끈을 묶을 수 없었고, 나는 스웨터 단추를 채우거나 머리카락을 쓸어 올려 핀을 꽂을 수 없었다. 쥐고 푸는 가장 단순한 동작도 이제 능력 밖의 일이었다.

나는 더이상 공을 잡을 수 없었다.

내가 공을 언급하는 이유는(나는 사실 보통은 일상적으로 공을 잡지 않는다) 그 당시 내가 경험하기 시작한 이 증상들을 가장 정확하게 묘사한 사람이 바로 프로 테니스 선수 제임스 블레이크였기 때문이다. 심한 스트레스에 시달린 시즌 직후(프랑스 오픈을 앞두고 목 골절상을 당했으며 거기서 회복될 무렵에는 아버지가 죽어가고 있었다) 어느 날 아침 깨어보니 20대 초반의 그에게 이와 비슷한 증상들이 나타나고 있었다. "그 순간 나는 문제가 얼마나 심각한지 깨달았다." 그는 훗날《반격: 모든 걸 잃은 나는 어떻게 내 인생을 되찾았는가Breaking Back: How I Lost Everything and Won Back My Life》에서 본래의 삶으로 돌아가기 위한 초기 시도에 관해 이렇게 썼다. "균형감각에 이상이 왔을 뿐만 아니라, 시력도 엉망이 되었다. 나는 브라이언과 에반의 라켓에서 내 라켓까지 날아오는 공을 눈으로 쫓아가는 데 애를 먹었다. 그들이 공을 치는 걸 보고 공의 움직임을 약간만 놓치면 어느새 공이 내게 훨씬 가까이 다가와 있곤 했다. 브라이언이나 에반의 공이 평균적인 프로 선수들에 비하면 한참 약했다는 점을 고려할 때 특히 염려스러운 상황이었다."

그는 공을 제대로 치기 위해 달려보지만 시력만이 아니라 신체 각 부분의 협응력도 사라졌음을 깨닫는다.

그는 발리를 시도하고 몇 차례 공을 쳐보지만 오히려 공이 자신을 친다.

그는 소개받은 뉴헤이븐 예일 병원의 신경외과 전문

의에게 이 증상들이 얼마나 지속될 것인지 묻는다.

"최소한 3개월입니다." 신경외과 전문의는 대답한다. "아니면 4년이 걸릴 수도 있어요."

이것은 프로 테니스 선수가 듣고 싶은 대답이 아니며, 내가 듣고 싶은 대답도 아니다.

그래도 나는,

조금씩 변화한 형태로 재발하기를 반복하며 지금까지 3개월보다는 4년 쪽에 더 가깝게 지속된 내 증상들이 호전되고 약화되고 심지어 해소될 것이라는 신념(추진력의 또 다른 표현)을 유지한다.

나는 이 해소를 위해 내가 할 수 있는 일들을 하고, 나는 지시사항을 따른다.

나는 정기적으로 60번 스트리트와 매디슨 애비뉴에서 물리치료를 받는다.

나는 메종 뒤 쇼콜라의 바닐라 아이스크림으로 냉동실을 채워놓는다.

나는 고무적인 뉴스를 수집하고, 거기에 집중하기까지 한다. 예를 들면,

제임스 블레이크는 이후 회복하여 프로 테니스에 복귀했다. 나는 이 사실에 집착한다.

한편으로는, 엔토자케 샹게처럼, 나는 내 아이의 얼굴을 암기한다.

34

　나는 지금 〈뉴욕 리뷰 오브 북스The New York Review of Books〉에 실린 매그넘 사의 사진 한 장을 들여다보고 있다. 1968년 파리의 크리스티앙 디오르 패션쇼에서 찍은 소피아 로렌의 사진이다. 실크 터번을 두르고 금도금된 의자에 앉아 담배를 피우며 전통적으로 패션쇼의 피날레를 장식하는 '신부'의 모습을 바라보고 있는 소피아 로렌은 아무도 따를 수 없을 만큼 세련된 모습의, 완전무결한 성장盛裝의 화신이다. 그러고 보니 이 사진은 소피아 로렌 자신이 '신부'였을 때, 멕시코에서 올린 카를로 폰티와의 첫 번째 결혼이 무효가 된 후(폰티는 중혼重婚 혐의로 이탈리아 교회의 파문 위협을 받았다) 프랑스에서 두 번째로 결혼식을 올렸던 시점에서 얼마 지나지 않아 찍은 것이라는 생각이 떠오른다.

당대의 '스캔들'이었다.

한때 '스캔들'이라는 것이 얼마나 의례적으로 발생하곤 했는지 기억하기가 어렵게 됐다.

엘리자베스 테일러와 리처드 버튼, 스캔들.

잉그리드 버그만과 로베르토 로셀리니, 스캔들.

소피아 로렌과 카를로 폰티, 스캔들.

나는 사진을 계속 들여다본다.

나는 이 특정한 스캔들의 장본인이 패션쇼장을 나와 플라자 아테네의 안뜰로 점심을 먹으러 가는 것을 상상해본다.

나는 그녀가 줄지어선 담쟁이덩굴이 미풍에 여리게 떨리고 햇빛이 창틀 위의 붉은 차양을 통해 분홍빛으로 변해 내려오는 안뜰에서 카를로 폰티를 마주보고 앉아 포크를 들어 에클레어(슈크림에 초콜릿을 뿌린 과자의 일종)를 먹는 것을 상상해본다: 나는 담쟁이덩굴 속에 떼 지어 앉은 작은 새들의 소리, 재잘거림, 항상 들려오지만 이를테면 철제 덧문이 열리거나 이를테면 소피아 로렌이 자리에서 일어나 안뜰을 가로질러 걸어갈 때면 더욱 커지는 새들의 노래를 상상해본다.

나는 그녀가 플라자 아테네를 떠나 애비뉴 몽테뉴에 대기 중이던 차 안으로 미끄러져 들어갈 때 그녀 주위에 모여든 사진사들이 플래시를 터뜨리는 것을 상상해본다.

담배, 실크 터번.

불현듯 이 사진 속의 그녀가 닉이 퀸타나의 영세일에 찍은 사진들 속의 여자들과 비슷하다는 생각이 든다.

퀸타나의 영세는 1966년에 있었고, 이 크리스티앙 디오르 패션쇼는 2년 후인 1968년에 열렸다. 1966년과 1968년은 미국의 경우 정치적, 문화적으로 완전히 다른 시간이었지만, 일정한 방식으로 스스로를 표현했던 여자들에게는 똑같은 시간이었다. 그것은 보이는 방식이었고, 그것은 존재하는 방식이었다. 그것은 한 시기였다. 그 보이는 방식, 그 존재하는 방식, 그 시간, 그 시기는 어떻게 되었을까? 샤넬 정장을 입고 데이비드 웹 팔찌를 끼던 그 여자들은 어떻게 되었으며, 샴페인 잔과 새라 맨키비츠의 민튼 접시를 들고 있던 다이애나는 어떻게 되었을까? 할리우드의 프랭클린 애비뉴 집 뒤에 있던 클레이코트 테니스장은, 내가 무릎을 꿇고 잡초를 뽑는 통통한 아기 퀸타나의 모습을 지켜보던 그 테니스장은 어떻게 되었을까? 퀸타나는 어떻게 아무도 테니스를 치지 않던, 네트마저 여러 해 동안의 방치로 구멍이 난 채 내려져 잡초와 흙먼지에 파묻혀있던 테니스장의 잡초를 뽑는 것이 꼭 필요한 과업, 자신의 숙제, 자신의 임무라는 생각을 한 것일까? 프랭클린 애비뉴 집 뒤의 사용되지 않는 테니스장의 잡초를 뽑는 일은 말리부의 인형의 집에 영사실을 설치하는 것과 같은 어떤 것이었을까? 사용되지 않는 테니스장의 잡초를 뽑는 일은 장편소설을 쓰는 것과 같은 어떤 것이었을까? 그것은 성인의 역할을 떠맡는 또 하나의 방식이었을까? 왜 그 아이는 성인의 역할을 그토록 필요로 했을까? 그 통통한

247

아기 무릎은 어떻게 되었으며, 버니 래빗은 어떻게 되었을까?

사실 나는 버니 래빗이 어떻게 되었는지 안다.

그 아이는 버니 래빗을 호놀룰루의 로열 하와이언 스위트 룸에 두고 나왔다.

나는 태평양을 반쯤 건넜을 무렵, 로스앤젤레스로 돌아가는 팬암 비행기의 어두워진 2층 객실에서 그 아이가 내 곁에 앉아 잠들어 있을 때에야 이 사실을 깨달았다.

그때는 아직 팬암 항공이 있었다.

그때는 아직 TWA 항공이 있었다.

아직 팬암이 있었고, 아직 TWA가 있었고, 웨스트 57번 스트리트에는 아직 벤델이 있었고 그곳에는 할리스 하프 쉬폰 드레스도 레터스 에지 셔츠도 있었으며 사이즈 0도 사이즈 2도 있었다.

그 저녁 로스앤젤레스로 돌아가는 비행기에서 내 아이는 버니 래빗의 잔인한 운명을 애도했다. 버니 래빗은 분실되었고, 버니 래빗은 홀로 남겨졌으며, 버니 래빗은 버려졌다. 하지만 비행기가 로스앤젤레스 공항의 게이트로 활주해 들어갈 즈음, 그 아이는 버니 래빗의 잔인한 운명을 버니 래빗의 행운으로 재해석하는 데 성공했다. 로열 하와이언, 스위트 룸, 룸서비스로 먹는 아침식사. 아침이 어디로 가버렸었어. 흰 모래, 수영장. 모래톱을 향해 걷기. 뗏목에서 내려 수영하기. 버니 래빗은 이제, 우리는 확신할 수 있었다, 뗏목에서 내려 수영 중이었다.

뗏목에서 내려 수영하고, 모래톱을 향해 걷고.

다섯 살짜리가 모래톱을 향해 걷는 걸 상상해봐.

누군가가 죽었을 때처럼, 골몰하지 말자는 거야.

어떻게 나는 그 아이가 곁에 필요하지 않을 수 있겠는가?

그 시대의 생존자 최소 한 명을 확인하기 위해서라도 소피아 로렌의 최근 사진을 찾아보지 않고는 안 될 것 같다.

나는 구글 사이트로 가 그녀의 이름을 입력한다.

나는 그런 사진 한 장을 발견한다. 소피아 로렌이 어

떤 종류의 공공 행사에 도착한다. 홍보 관련 인원들이 가까이서 맴돌며 사진가들에게 유명인사의 접근을 알리는 그런 레드 카펫 도착 현장이다. 사진 설명을 읽는 중에 우연히 소피아 로렌이 1934년에, 나 자신이 태어난 그 해에, 태어났다는 사실을 알게 된다. 나는 넋을 잃는다. 소피아 로렌, 또한, 일흔다섯 살이다. 소피아 로렌은 일흔다섯 살이지만 내가 아는 한 그 레드 카펫 위의 어느 누구도 그녀가 노화에 부적절한 대응을 하고 있다고 주장하지 않는다. 이 완전히 의미 없는 발견이 되찾은 희망으로, 되살아난 가능성의 의식으로 나를 가득 채운다.

35

우리가 가능성의 의식을 잃기 시작하면 그것은 걷잡을 수 없는 속도로 진행된다.

어제는 옷을 잘 차려입고 뉴스를 주시하고 시류에 뒤처지지 않고 사태에 대응하며 이를테면 *살아있는 것에* 몰입하던 우리가 오늘은 그러지를 않는다. 어제는 우편물에 섞여 들어온 어떤 책자의 페이지를 진정한 열성으로 넘겨보던(〈보그〉거나 〈포린 어페어스Foreign Affairs〉거나 아니면 다른 무엇이든, 우리가 깊은 관심이 있고 우리를 뒤처지지 않게 해주는, 살아있게 해주는 이 책자를 가진 것에 흡족하여)

우리가 오늘은 바니스와 아르마니를 지나 매디슨 업타운을, 또는 외교 위원회 건물을 지나 센트럴 파크를 걸으면서도 그 건물들의 창에 시선조차 주지 않는다. 조금 전 1968년 파리의 크리스티앙 디오르 패션쇼에서 찍은 소피아 로렌의 매그넘 사 사진을 바라보며 맞아, 이게 나일 수도 있었어, 내가 이 드레스를 입을 수도 있었어, 나도 그해 파리에 있었잖아, 하던 우리가, 눈 깜짝할 사이에 어느 병원 진료실에서 무엇인가 이미 잘못되었음을, 왜 우리가 다시는 4인치 굽이 달린 빨간색 스웨이드 샌들을 신지 못할 것이고, 금제 고리 귀걸이를 달지 못할 것이며, 에나멜 칠이 된 비즈 목걸이를 걸지 못할 것인지, 어째서 이제 결코 소피아 로렌이 입은 드레스를 입지 못할 것인지를 듣는다. 20대 시절 그 모든 만류에도 아랑곳없이 뗏목에서 내려 수영을 했을 때 햇볕이 남긴 피부 손상이 이제 드디어 표면으로 올라오고 있다 (우리는 살을 태우지 말라는, 자외선 차단제를 바르라는 모든 경고를 무시했다). 피부과 전문의가 흑색종이니 편평세포암이니 하는 반갑지 않은 이름의 암종들을 도려내는 걸 바라보는 데 이제 긴 시간을 소비한다.

노화로 손실된 골조직을 대체한다고 약속하는 정맥주사를 맞는 데 이제 긴 시간을 소비한다.

정맥주사를 맞고 자외선 차단제를 바르지 않음으로써 축적하고 있다고 생각했던 비타민 D가 왜 골조직 형성의 가능성을 실현하지 못했는지 의아해하는 데 이제 긴 시간을 소비한다.

검사를 기다리며, EEG(뇌파검사)를 기다리며, 서늘한 대기실에 앉아 〈월스트리트 저널〉과 〈AARP 매거진〉과 〈뉴롤로지 투데이〉와 컬럼비아와 코넬 의과대학의 동창회보를 들춰보는 데 이제 긴 시간을 소비한다.

서늘한 대기실에 앉아, 또 한 번 보험증서를 꺼내놓고, 또 한 번 왜 의료 서비스 제공자의 요망사항과는 달리, 그리고 내 나이에도 불구하고(이제 내 나이는 모든 대기실에서 문제가 된다), 그 반대가 아니라, 작가조합의 건강보험이 주보험이 되어야 하고 메디케어Medicare(연방정부가 제공하는 의료혜택)는 보조보험이 되어야 하는지 설명하는 데 이제 긴 시간을 소비한다.

서늘한 대기실에 앉아 또 한 번 뉴욕 프레스비테리언 병원의 질의서를 채워 넣는 데 이제 긴 시간을 소비한다.

서늘한 대기실에 앉아 또 한 번 지금 복용 중인 약물과 이전 입원시의 증상과 설명과 날짜를 채워 넣는 데 이제 긴 시간을 소비한다. 날짜는 그냥 꾸며내자, 그냥 짐작하고 그거라고 하자, 무슨 이유에선지 '1982년'이 머릿속에 떠오른다, *뭐, 좋아, '1982년'인 거야, '1982년'이면 될 거야,* 어차피 이 질문에 제대로 답하기란 불가능하다.

서늘한 대기실에 앉아 비상시 연락이 가기를 원하는 사람의 이름과 전화번호를 생각해내려 애쓰는 데 이제 긴 시간을 소비한다.

이 질문, 가능한 답이 없는 이 질문에 대한 답을 찾는 데 이제 온종일을 소비한다. 비상시 *나는 누구에게 연락이 가기를 원할까?*

나는 곰곰이 생각해본다. '비상시'란 고려하고 싶지도 않다.

비상이란, 나는 계속해서 믿는다, 다른 사람에게나 일

어나는 일이야.

나는 내가 그것을 믿지 않음을 알면서도 내가 계속해서 믿는다고 말한다.

정말이지, 생각해보자. 웨스트 42번 스트리트의 리허설 룸의 접이식 금속 의자는 어떤가? 나는 정확히 무엇이 두려웠을까? 내가 그 리허설 룸에서 두려워한 것은 '비상'이 아니면 무엇일까? 그리고, 3번 애비뉴에서 이른 저녁식사를 마치고 집까지 걸어 돌아와서는 피가 흥건한 침실 바닥에서 깨어난 것은 또 어떤가? 피가 흥건한 침실 바닥에서 깨어나는 것은 '비상'에 해당하지 않을까?

좋다. 인정한다. '비상시'로 적용될 수 있다.

누구에게 연락이 가도록 하지? 나는 더 고민한다.

여전히, 떠오르는 이름이 없다.

오빠의 이름을 댈 수도 있겠지만 오빠는 뉴욕에서 비상이라고 규정될 그 시점에 3백 마일 떨어진 곳에 산다. 그리핀의 이름을 댈 수도 있겠지만 그리핀은 영화 촬영 중이다. 그리핀은 원정 촬영지에 있다. 그리핀은 이런저런 힐튼 인의 식당에 앉아있고(테이블에 사람이 좀 너무 많고 좀 너무 시끄럽다) 그리핀은 휴대전화를 받지 않는다. 뉴욕에 사는 친한 친구들 중 누구든 떠오르는 이의 이름을 댈 수도 있겠지만 뉴욕에 사는 친한 친구들 중 누구든 떠오르는 이는 사실 생각해보면 뉴욕에 살고 있지도 않다. 이 도시를, 이 나라를 떠나, 어느 먼 곳에서, 최선의 경우에도 연락이 닿지 않을 것이며 최악의 경우라면 연락되기를 꺼려할 수도 있다.

"꺼려하다"라는 말을 생각하던 중 내 더딘 인지능력이 발동한다.

"알 필요가 있다"라는 낯익은 구절이 떠오른다.

"알 필요가 있다"라는 구절은 늘 문제였었다.

오직 한 사람만이 알 필요가 있다.

알 필요가 있는 그 한 사람은 물론 그 아이다.

그냥 땅바닥에 있게 내버려둬 줘,

그냥 땅바닥에서 잠들게 내버려둬 줘.

나는 그 아이에게 말을 거는 상상을 한다.

나는 그 아이를 여전히 보기 때문에 그 아이에게 말

을 거는 상상을 할 수 있다.

안녕, 엄마.

프랭클린 애비뉴의 클레이코트에서 잡초를 뽑는 그 아이의 모습을 내가 여전히 보는 것처럼.

맨 바닥에 앉아 8트랙 테이프를 따라 나지막이 노래를 부르는 그 아이의 모습을 내가 여전히 보는 것처럼.

춤추고 싶어? 나는 춤추고 싶어.

그 아이의 땋은 머리채에 꽂힌 스테파노티스를 내가 여전히 보는 것처럼, 면사포를 통해 드러난 플루메리아 문신을 내가 여전히 보는 것처럼. 그 아이가 제단에서 무릎을 꿇을 때 보이던 구두의 선홍색 밑창을 내가 여전히 보는 것처럼. 그 저녁 호놀룰루에서 로스앤젤레스 공항으로 돌아오던 팬암 비행기의 어두워진 2층 객실에서 버니 래빗의 예기치 않은 운수대통을 지어내던 그 아이를 내가 여전히 보는 것처럼.

나는 내가 더이상 그 아이에게 가 닿을 수 없다는 것을 안다.

나는 내가 그 아이에게 가 닿으려고 한다면, 내가 그

저녁 호놀룰루에서 로스앤젤레스 공항으로 돌아오던 팬암 비행기의 어두워진 2층 객실에서와 같이 그 아이가 다시 내 곁에 있기라도 하듯 그 아이의 손을 잡는다면, 아빠 새는 아기 새를 감싸 안을 토끼 가죽을 구하러 나갔다는 노래를 그 아이에게 불러준다면, 그 아이는 내 손길에서 사라지리란 것을 안다.

사라지다.

무가 되어버리다. 그 아이를 두렵게 한 키츠의 시구.

푸른 밤들이 사라지듯 사라지다, 빛이 떠나가듯 떠나가다.

푸름 속으로 되돌아가다.

나 자신이 그 아이의 유골을 벽 안에 안치했다.

나 자신이 여섯시에 성당의 문들이 잠기는 것을 보았다.

나는 내가 지금 경험하는 것이 무엇인지 안다.

나는 연약함이 무엇인지 안다, 나는 두려움이 무엇인지 안다.

두려움은 상실된 것에 관한 것이 아니다.

상실된 것은 이미 벽 안에 있다.

상실된 것은 이미 잠긴 문들 뒤에 있다.

두려움은 아직 상실되지 않은 것에 관한 것이다.

아직 상실되지 않은 것은 볼 수 없을지도 모른다.

하지만 그 아이의 전 생애에 내가 그 아이를 보지 않는 날은 없다.

존 디디온이 세상을 떠났다는 소식이 2021년 크리스마스이브에 들려왔다. 향년 87세였다고 하니 남편을 갑자기 떠나보낸 후 딸마저 잃고 《푸른 밤》을 썼던 시절은 70대 초중반이었겠다. 10년 전 《푸른 밤》을 우리말로 옮겨 펴낸 후 그녀의 근황이 줄곧 궁금했다. 이따금 잡지 특집기사에 나오면 반가웠고, 남편 존 그레고리 던의 조카인 토머스 그리핀 던이 연출한 다큐멘터리를 보면서는 너무도 수척할 뿐 아니라 수전증 증세까지 보여 걱정스러웠으나 그래도 얼굴이 밝아 다행이다 싶기도 했다. 딸을 잃고 비통한 가슴을 움켜쥔 채 한 자 한 자 써 내려가는 모습이 보일 만큼 절절하게 다가온《푸른 밤》의 문장들이 기억을 떠나지 않았으니, 조카 앞에서 명랑하게 웃는 다큐멘터리 속 그녀의 얼굴은 뜻밖이면서도 감사했다.

존 디디온은 1960년대부터 남편 존 그레고리 던과 더불어 톰 울프가 "소설처럼 읽히는 저널리즘"으로 규정한 뉴 저널리즘의 기수로 한 시대를 풍미한 글쟁이다. 미국 유수의 신문, 잡지에 수많은 기사를 기고했으며, 영화 시나리오 작업도 활발히 했다. 어니스트 헤밍웨이와 헨리 제임스 그리고 조지 엘리엇의 영향을 받은 것으로 평가되는 그녀의 문장은 군더더기 없이 간결하다. 그녀 자신의 표현을 빌리자면 "카메라의 위치가 바뀜으로써 피사체의 의미가 바뀌듯, 문장의 구조가 바뀜으로써 문장의 의미도 바뀔 수 있다"는 신념대로 단어와 어절의 배치에 세심하게 공을 들이는 완벽성을 추구한다.

그녀의 글은 그야말로 한 음절씩 시어를 길어 올리

는 시인의 그것과도 같다. 지난 시절의 기억 구석구석을 놓치지 않고 종이에 옮겨 담아두고픈, 놓치고 지나쳤을 지 모를 기미와 숨은 뜻을 이 각도 저 각도에서 다시 바라보고 재해석하고자 하는 절박감이 뚝뚝 묻어난다. 무엇인가가 사무칠 때 그것과 관련한 모든 것을 완벽하게 종합하여 정리해 두어야만 하는, 그러지 않으면 밤잠조차 잘 수 없을 것 같은 마음의 병을 겪어본 사람이라면 알 수 있을 몸부림이다.

그녀는 《푸른 밤》을 쓰면서 치유의 힘을 경험했다고 술회한다. 고개가 끄덕여진다. 삶이란 근본적으로 변화의 연속이고 모든 것은 왔다가 사라진다는 것을 알면서도 어떤 사라짐은 차마 견딜 수 없이 아프기만 하다. 그 아픔을 정밀한 언어로 담아낸 이 책은, 그래서 수필임에도 시처럼 다가온다.

미국을 대표해온 명문장가의 죽음 앞에서 그녀가 우리에게 남긴 유산을 돌아다보는 영미 문단과 저널리즘의 추모가 줄을 잇고 있다. 그녀로부터 어떤 영향을 받았는지를 소회하는 후배 작가들이 공통적으로 고백하듯, 그녀를 모방한 이는 많았으되 그녀에 필적한 이는 드물었다. 그 대단한 문장을 가슴으로 읽으며 우리말로 옮기는 작업은 그 섬세함만큼이나 조심스럽고 한편으로 뿌듯한 일이었다. 이제《푸른 밤》이 10년 만에 다시 멋진 표지를 입게 되었으니, 깊이 있고 진심 어린 글을 갈구하는 독자들에게 최고의 선물이 될 것임을 믿어 의심치 않는다.

2022년 1월,

김재성

푸른 밤

첫판 1쇄 펴낸날 2012년 11월 28일
개정판 1쇄 펴낸날 2022년 2월 4일
개정판 2쇄 펴낸날 2023년 11월 15일

지은이 | 존 디디온
옮긴이 | 김재성
펴낸이 | 박남주

종이 | 화인페이퍼
인쇄·제본 | 한영문화사

펴낸곳 | (주)뮤진트리
출판등록 | 2007년 11월 28일 제2015-000059호
주소 | 서울시 마포구 토정로 135 (상수동) M빌딩
전화 | (02)2676-7117 팩스 | (02)2676-5261
전자우편 | geist6@hanmail.net
홈페이지 | www.mujintree.com

ISBN 979-11-6111-081-3 03840

* 책값은 뒤표지에 있습니다.